TRANZLATY

La Langue est pour tout le Monde

भाषा सभी के लिए है

Les Aventures d'Alice au Pays des Merveilles

एलिस एडवेंचर्स इन वंडरलैंड

Lewis Carroll

लुईस कैरोल

Français / हिंदी

Dans le Terrier du Lapin
खरगोश छेद नीचे

Alice commençait à être très fatiguée

ऐलिस बहुत थकने लगी थी

Elle était assise à côté de sa sœur sur le talus d'herbe

वह घास के किनारे अपनी बहन के पास बैठी थी

Mais elle n'avait rien à faire

लेकिन उसके पास करने के लिए कुछ नहीं था

Sa sœur lisait un livre

उसकी बहन एक किताब पढ़ रही थी

une ou deux fois, Alice jeta un coup d'œil dans le livre

एक या दो बार एलिस ने किताब में झांका

Mais le livre ne contenait ni images ni conversations

लेकिन किताब में कोई चित्र या बातचीत नहीं थी

« À quoi sert un livre sans images ? » pensa Alice

"चित्रों के बिना एक किताब का क्या उपयोग है?" एलिस ने
सोचा

« Pourquoi un livre n'aurait-il pas de conversations ? »

"एक किताब में कोई बातचीत क्यों नहीं होगी?"

Mais elle avait d'autres choses à considérer

लेकिन उसके पास विचार करने के लिए अन्य चीजें थीं

« Faire une chaîne de marguerites serait un plaisir »

"डेज़ी की एक श्रृंखला बनाना एक खुशी होगी"

« Mais cela vaut-il la peine de se lever et de cueillir les marguerites ?? »

"लेकिन क्या यह उठने और डेज़ी लेने के प्रयास के लायक है ??"

Ce n'était pas si facile d'y penser

यह सोचना इतना आसान नहीं था

parce que la journée la rendait somnolente et stupide

क्योंकि दिन उसे नींद और बेवकूफ महसूस कर रहा था

Mais soudain, ses pensées s'interrompirent

लेकिन अचानक उसके विचारों को बाधित किया गया

un lapin blanc aux yeux roses courait près d'elle

गुलाबी आँखों वाला एक सफेद खरगोश उसके पास से भागा

Il n'y avait rien de trop remarquable chez le lapin

खरगोश के बारे में कुछ भी उल्लेखनीय नहीं था

et Alice ne trouvait pas non plus le lapin remarquable

और ऐलिस ने खरगोश को भी उल्लेखनीय नहीं माना

elle ne s'étonna pas non plus quand le Lapin parla

न ही खरगोश के बोलने पर उसे आश्चर्य हुआ

« Oh mon Dieu ! Je serai trop tard ! se dit-il

"ओह डियर! मुझे बहुत देर हो जाएगी!" उसने खुद से कहा

mais alors le Lapin a fait quelque chose que les lapins n'ont pas fait

लेकिन फिर खरगोश ने कुछ ऐसा किया जो खरगोशों ने नहीं किया

le Lapin tira une montre de la poche de son gilet

खरगोश ने अपनी वास्कट की जेब से घड़ी निकाली

Il regarda l'heure puis se hâta

उसने समय देखा और फिर जल्दी से आगे बढ़ गया

Alice se leva, stupéfaite

ऐलिस विस्मय में अपने पैरों पर खड़ी हो गई

Elle n'avait jamais vu un lapin avec un gilet auparavant !

उसने पहले कभी वास्कट वाला खरगोश नहीं देखा था!

elle n'avait jamais vu non plus de lapin avec une montre !

न ही उसने कभी घड़ी के साथ खरगोश देखा था!

Alice brûlait d'une nouvelle curiosité

एलिस एक नई जिज्ञासा के साथ जल रही थी

et elle courut à travers le champ après le Lapin

और वह खरगोश के पीछे मैदान में भाग गई

Elle était juste à temps pour voir le lapin disparaître

वह खरगोश को गायब होते देखने के लिए समय पर थी

Le lapin sauta dans un grand terrier de lapin

खरगोश एक बड़े खरगोश-छेद में कूद गया

Un instant plus tard, Alice s'est mise à courir après le lapin !

एक और पल में, खरगोश के बाद ऐलिस नीचे चला गया!

Le terrier du lapin continuait tout droit comme un tunnel

खरगोश-छेद एक सुरंग की तरह सीधे चला गया

Et le tunnel a continué à avancer sur une certaine distance

और सुरंग कुछ दूर तक जाती रही

Et puis le chemin s'est soudainement incliné

और फिर रास्ता अचानक नीचे गिर गया

Alice n'eut pas un instant pour songer à s'arrêter

एलिस के पास खुद को रोकने के बारे में सोचने के लिए एक पल भी नहीं था

Elle s'est retrouvée à tomber et à tomber

उसने खुद को नीचे और नीचे और नीचे गिरते हुए पाया

Il semblait qu'elle était tombée dans un puits très profond

ऐसा लग रहा था जैसे वह बहुत गहरे कुएं में गिर गई हो

Ou le puits était très profond, ou bien elle tombait très lentement

या तो कुआं बहुत गहरा था, या वह बहुत धीरे-धीरे गिर रही थी

parce qu'elle avait tout le temps de tomber

क्योंकि उसके पास गिरने के लिए बहुत समय था

alors qu'elle tombait, elle pouvait regarder tout autour d'elle

जैसे ही वह गिर रही थी, वह अपने चारों ओर देख सकती थी

D'abord, elle a essayé de comprendre où elle allait

सबसे पहले, उसने यह पता लगाने की कोशिश की कि वह कहाँ जा रही थी

mais le puits était trop sombre pour voir quoi que ce soit

लेकिन कुएं में इतना अंधेरा था कि कुछ भी देखने को नहीं मिल रहा था

Puis elle regarda les côtés du puits

फिर उसने कुएं के किनारों को देखा

Et elle remarqua qu'il y avait des placards tout autour d'elle

और उसने देखा कि उसके चारों ओर अलमारी थी

et tout autour du puits il y avait des étagères de livres

और कुएं के चारों ओर किताबों-अलमारियां थीं

Çà et là, elle voyait des cartes et des tableaux accrochés à des piquets

इधर-उधर उसने खूंटे पर टंगे नक्शे और तस्वीरें देखीं

En passant, elle prit un bocal sur l'une des étagères

उसने पास होते ही एक अलमारियों से एक जार नीचे निकाला

Le pot a été étiqueté pour son contenu

जार को इसकी सामग्री के लिए लेबल किया गया था

« MARMELADE D'ORANGES »

"संतरे से बना मुरब्बा"

Mais, à sa grande déception, le pot de marmelade était vide

लेकिन, उसकी बड़ी निराशा के लिए, मुरब्बा जार खाली था

Elle ne voulait pas laisser tomber le pot de marmelade vide

वह खाली मुरब्बा जार को गिराना नहीं चाहती थी

et sa chute fut très lente

और उसका गिरना बहुत धीमा था

Elle a donc réussi à mettre le pot de marmelade dans l'un des placards

इसलिए वह मुरब्बा जार को अलमारी में से एक में रखने में कामयाब रही

Tombée, descendue, tombée !

नीचे, नीचे, नीचे वह गिरती है!

La chute prendrait-elle fin ?

क्या पतन कभी खत्म होगा?

Il n'y avait rien d'autre à faire

करने के लिए और कुछ नहीं था

alors Alice commença bientôt à se parler à elle-même

इसलिए एलिस ने जल्द ही खुद से बात करना शुरू कर दिया

« Je vais beaucoup manquer à Dinah ce soir, je pense ! »

"दीना आज रात मुझे बहुत याद करेगी, मुझे सोचना चाहिए!"

Dinah était le chat d'Alice

दीना ऐलिस की बिल्ली थी

« J'espère qu'ils se souviendront de sa soucoupe de lait à l'heure du thé »

"मुझे आशा है कि वे चाय के समय दूध की तश्तरी को याद करेंगे"

« Dinah, ma chère, je voudrais que tu sois ici avec moi ! »

"दीना, मेरी जान, काश तुम यहाँ मेरे साथ होते!"

Alice sentit qu'elle s'assoupissait

एलिस को लगा कि वह ऊँघ रही है

Et puis soudain, bruit sourd ! bourrade!

और फिर अचानक, थंप! धमाका!

Elle tomba sur un tas de bâtons

नीचे वह लाठी के ढेर पर गिर पड़ी

et elle atterrit sur un tas de feuilles sèches

और वह सूखे पत्तों के ढेर पर उतर गई

et enfin la longue chute dans le trou était terminée

और अंत में छेद के नीचे लंबा पतन खत्म हो गया था

Alice n'était pas du tout blessée

ऐलिस को थोड़ी चोट नहीं लगी थी

Et elle se leva d'un bond au bout d'un instant

और वह एक पल के भीतर कूद गया

Elle leva les yeux, mais il faisait noir au-dessus de sa tête

उसने ऊपर देखा, लेकिन यह सब अंधेरा था

Devant elle se trouvait un autre long couloir

उसके सामने एक और लंबा गलियारा था

et le Lapin Blanc était toujours en vue

और सफेद खरगोश अभी भी दृष्टि में था

Il se hâtait dans le couloir

वह गलियारे से नीचे तेजी से उतर रहा था

Il n'y avait pas un instant à perdre
खोने के लिए एक पल भी नहीं था
Alice s'enfuit comme le vent
बंद हवा की तरह एलिस भाग गया
Au coin de la rue, le lapin s'est retourné
कोने के चारों ओर खरगोश बदल गया
Elle était juste à temps pour entendre le lapin
वह खरगोश को सुनने के लिए समय में था
« "Oh, mes oreilles et mes moustaches »
""ओह, मेरे कान और मूंछें"
« Comme il est tard ! »
"कितनी देर हो रही है!"
Elle était tout près derrière le lapin
वह खरगोश के पीछे थी
Elle tourna au détour d'un autre coin
वह दूसरे कोने में घूम गई
mais le Lapin n'était plus visible
लेकिन खरगोश अब दिखाई नहीं दे रहा था
Elle se retrouva dans une longue salle basse
उसने खुद को एक लंबे, कम हॉल में पाया
La salle était éclairée par une rangée de plafonniers
हॉल छत लैंप की एक पंक्ति से जलाया गया था
Il y avait des portes tout autour de la salle
हॉल के चारों ओर दरवाजे थे
mais toutes les portes étaient fermées à clé
लेकिन सभी दरवाजे बंद थे
Elle marcha tout le long d'un côté de la salle
वह हॉल के एक तरफ नीचे तक चली गई
et elle avait fait tout le chemin de l'autre côté de la salle
और वह हॉल के दूसरी तरफ तक चली गई थी
Elle avait essayé toutes les portes

उसने हर दरवाजे की कोशिश की थी
et elle marchait tristement au milieu de la salle
और वह उदास होकर हॉल के बीच में चली गई
« Comment vais-je jamais en sortir ? »
"मैं फिर कभी कैसे बाहर निकलूंगा?

Tout à coup, elle tomba sur une petite table
अचानक वह एक छोटी सी मेज पर आया
La table était entièrement en verre massif
मेज पूरी तरह से ठोस कांच से बना था
Il n'y avait rien sur la table à part une petite clé dorée
मेज पर एक छोटी सुनहरी चाबी के अलावा कुछ भी नहीं था
La clé pourrait appartenir à l'une des portes !
चाबी दरवाजे में से एक से संबंधित हो सकती है!
Mais, hélas ! Certaines serrures étaient trop grandes pour les clés
लेकिन, अफसोस! कुछ ताले चाबियों के लिए बहुत बड़े थे
et pour les autres serrures, la clé était trop petite

और अन्य तालों के लिए चाबी बहुत छोटी थी

mais, en tout cas, la clef n'ouvrit aucune des portes

लेकिन, किसी भी दर पर, चाबी ने कोई भी दरवाजा नहीं खोला

Mais que devait-elle faire ?

लेकिन उसे क्या करना था?

Elle traversa de nouveau le couloir

वह फिर से हॉल के माध्यम से चला गया

et cette fois, elle remarqua un rideau bas

और इस बार उसने एक कम पर्दा देखा

Derrière le rideau se trouvait une petite porte

पर्दे के पीछे एक छोटा दरवाजा था

La porte avait une quinzaine de pouces de haut

दरवाजा लगभग पंद्रह इंच ऊंचा था

Elle essaya la petite clé dorée dans la serrure

उसने ताले में छोटी सुनहरी चाबी की कोशिश की

Et à sa grande joie, la clé s'est glissée dans la serrure !

और उसकी बड़ी खुशी के लिए, चाबी ताले में फिट हो गई!

Alice ouvrit la porte

एलिस ने दरवाजा खोला

et elle trouva la porte qui donnait sur un petit couloir

और उसने पाया कि दरवाजा एक छोटे से गलियारे में ले जाया गया

Le couloir n'était pas beaucoup plus grand qu'un trou à rats

गलियारा चूहे-छेद से ज्यादा बड़ा नहीं था

Elle s'agenouilla et regarda le long du couloir

उसने घुटने टेकं दिए और गलियारे के साथ देखा

et elle a vu le plus beau jardin que vous ayez jamais vu

और उसने सबसे प्यारा बगीचा देखा जिसे आपने कभी देखा है

comme elle avait envie de sortir de cette salle sombre

वह उस अंधेरे हॉल से बाहर निकलने के लिए कैसे तरस रही

थी

comme elle voulait se promener parmi ces fleurs lumineuses
कैसे वह उन चमकीले फूलों के बीच भटकना चाहती थी

Comme ces fontaines avaient l'air cool et rafraîchissantes
उन फव्वारों को कितना ताज़ा लग रहा था

Mais elle ne pouvait même pas passer la tête par la porte
लेकिन वह दरवाजे के माध्यम से अपना सिर भी नहीं ले सकी

— Oh ! dit Alice d'un ton lugubre
"ओह," अलाइस ने कहा, शोकपूर्वक

comme je voudrais pouvoir me plier comme un télescope !
"मैं कैसे चाहता हूं कि मैं एक दूरबीन की तरह मोड़ सकूं!"

« Je pense que je pourrais me plier comme un télescope »
"मुझे लगता है कि मैं एक दूरबीन की तरह मोड़ सकता हूं"

« Si seulement je savais par où commencer »
"अगर मैं केवल जानता था कि कैसे शुरू करना है"

Alice retourna à la table
एलिस मेज पर वापस चली गई

Il y avait la chance de trouver une autre clé
एक और कुंजी खोजने का मौका था

Ou il pourrait y avoir un livre de règles
या नियमों की एक किताब हो सकती है

Le livre pourrait lui apprendre à se plier comme un télescope
किताब उसे बता सकती है कि दूरबीन की तरह कैसे मोड़ना है

Cette fois, elle trouva une petite bouteille
इस बार उसे एक छोटी बोतल मिली

« cette bouteille n'était certainement pas là auparavant, » dit Alice
"यह बोतल निश्चित रूप से पहले यहाँ नहीं थी," एलिस ने कहा

et autour du goulot de la bouteille était attachée une étiquette en papier

और बोतल के गले में बंधा हुआ पेपर का लेबल था
L'étiquette était magnifiquement imprimée en grandes
lettres
लेबल को बड़े अक्षरों में खूबसूरती से मुद्रित किया गया था
« BOIS-MOI »
"मुझे पी लो"
« Non, je vais regarder d'abord », a-t-elle dit
"नहीं, मैं पहले देखूंगा," उसने कहा
« Je vais voir si la bouteille est marquée comme toxique ou
non, »
"मैं देखूंगा कि बोतल को जहरीला चिहिनत किया गया है या
नहीं,"
Parce qu'elle n'a jamais oublié la leçon sur le poison
क्योंकि वह जहर के बारे में सबक कभी नहीं भूली
« Si une bouteille est étiquetée comme toxique, elle est
forcément en désaccord avec vous »
"अगर एक बोतल को जहरीला करार दिया जाता है, तो यह
आपके साथ असहमत होने के लिए बाध्य है"
Cependant, cette bouteille n'a pas été marquée comme
toxique
हालांकि, इस बोतल को जहरीले के रूप में चिहिनत नहीं किया
गया था
alors Alice se hasarda à goûter le contenu de la bouteille
इसलिए ऐलिस ने बोतल की सामग्री का स्वाद लेने का साहस
किया
Elle trouva le liquide tout à fait à son goût
उसे वह तरल काफी पसंद आया
La boisson avait une sorte de saveur mélangée
पेय में एक प्रकार का मिश्रित स्वाद था
tarte aux cerises, crème pâtissière et ananas
चेरी-टार्ट, कस्टर्ड और अनानास

Rôtir la dinde, le caramel et le pain grillé au beurre chaud

गर्म मक्खन के साथ टर्की, टॉफी और टोस्ट भूनें

et elle finit bientôt la bouteille

और उसने जल्द ही बोतल खत्म कर दी

« Quelle curieuse sensation ! » dit Alice

"क्या एक जिज्ञासु लग रहा है!" एलिस ने कहा

« Je me plie comme un télescope ! »

"मैं एक दूरबीन की तरह तह कर रहा हूँ!"

Et elle se repliait comme un télescope !

और वह वास्तव में एक दूरबीन की तरह तह कर रही थी!

Elle n'avait plus que dix pouces de haut

अब वो सिर्फ़ दस इंच ऊँची थी

et son visage s'éclaira à ses pensées

और उसके विचारों पर उसका चेहरा चमक उठा

Maintenant, elle était de la bonne taille pour la petite porte

अब वह छोटे दरवाजे के लिए सही आकार था

Maintenant, elle pouvait aller dans ce joli jardin

अब वह उस सुंदर बगीचे में जा सकता था

Bientôt, elle a cessé de devenir plus petite

जल्द ही उसने छोटा होना बंद कर दिया

Elle décida d'aller tout de suite dans le jardin

उसने तुरंत बगीचे में जाने का फैसला किया

mais, hélas pour la pauvre Alice !

लेकिन, गरीब ऐलिस के लिए अफसोस!

Elle arriva à la porte

वह दरवाजे पर पहुंच गई

Mais elle avait oublié la petite clé d'or

लेकिन वह छोटी सुनहरी चाबी भूल गई थी

Elle retourna à la table pour prendre la clé

वह चाबी के लिए मेज पर वापस चली गई

Mais elle s'aperçut qu'elle ne pouvait pas atteindre assez

haut

लेकिन उसने पाया कि वह काफी ऊंचाई तक नहीं पहुंच सकी

Elle pouvait voir la clé très distinctement à travers la vitre

वह कांच के माध्यम से काफी स्पष्ट रूप से कुंजी देख सकता था

Elle essaya de grimper sur les pieds de la table

उसने मेज के पैरों पर चढ़ने की कोशिश की

Mais le verre était beaucoup trop glissant

लेकिन कांच बहुत फिसलन भरा था

Finalement, elle s'est fatiguée à essayer

अंततः वह कोशिश करने के साथ खुद को थक गई

et la pauvre petite fille s'assit et pleura

और बेचारी छोटी लड़की बैठ कर रोने लगी

Alice se parlait à elle-même assez vivement

एलिस ने खुद से काफी तीखे स्वर में बात की

« Allons, ça ne sert à rien de pleurer comme ça ! »

"चलो, इस तरह रोने का कोई फायदा नहीं है!"

« Je vous conseille d'arrêter tout de suite ! »

"मैं आपको इस मिनट रुकने की सलाह देता हूं!"

Elle se donnait généralement de très bons conseils

वह आम तौर पर खुद को बहुत अच्छी सलाह देती थी

bien qu'elle suivît très rarement ses propres conseils

हालांकि वह शायद ही कभी अपनी सलाह का पालन करती थी

Et elle était parfois trop dure envers elle-même

और वह कभी-कभी खुद पर बहुत कठोर थी

et ses paroles lui firent monter les larmes aux yeux

और उसके शब्दों ने उसकी आँखों में आँसू ला दिए

Bientôt, son regard tomba sur une petite boîte en verre

जल्द ही उसकी नज़र एक छोटे से कांच के बक्से पर पड़ी

La petite boîte de verre était posée sous la table

छोटा कांच का डिब्बा टेबल के नीचे पड़ा था

Dans la boîte en verre se trouvait un tout petit gâteau

कांच के डिब्बे में एक बहुत छोटा केक था

Sur le gâteau, quelques mots étaient magnifiquement écrits

केक पर कुछ शब्द खूबसूरती से लिखे गए थे

les mots avaient été marqués dans des groseilles

शब्दों को करंट में चिह्नित किया गया था

« MANGE-MOI »

"मुझे खा जाओ"

« Eh bien, je vais manger le gâteau », dit Alice

"ठीक है, मैं केक खाऊंगा," एलिस ने कहा

« et si le gâteau me fait grossir, je peux atteindre la clé »

"और अगर केक मुझे बड़ा करता है, तो मैं कुंजी तक पहुंच सकता हूं"

« et si le gâteau me fait rapetisser, je peux me glisser sous la porte »

"और अगर केक मुझे छोटा करता है, तो मैं दरवाजे के नीचे रेंग सकता हूं"

« Donc, de toute façon, j'irai dans le jardin »

"तो किसी भी तरह से मैं बगीचे में जाऊंगा"

« Et peu m'importe lequel des deux arrive ! »

"और मुझे परवाह नहीं है कि दोनों में से कौन सा होता है!"

Elle a mangé un peu du gâteau

उसने केक का थोड़ा सा हिस्सा खा लिया

et elle se parla anxieusement à elle-même :

और वह उत्सुकता से खुद से बात की:

« Dans quel sens ? Dans quel sens ?

"कौन सा रास्ता? कौन सा रास्ता?"

et elle posa la main sur sa tête

और उसने अपना हाथ उसके सिर पर रख लिया

Elle voulait sentir de quelle façon elle grandissait

वह महसूस करना चाहती थी कि वह किस तरह रो बढ़ रही

थी

Elle fut très surprise de découvrir ce qui s'était passé

वह यह जानकर काफी हैरान थी कि क्या हुआ था

Elle était restée de la même taille !

वह एक ही आकार में रह गया था!

Cette fois, elle redoubla donc d'efforts

इसलिए इस बार उसने अपने प्रयास दोगुने कर दिए

Et bientôt, elle termina tout le gâteau

और जल्द ही उसने पूरा केक खत्म कर दिया

La mare de larmes
आँसुओं का पूल

« Cela devient de plus en plus intéressant ! » s'écria Alice

"यह अधिक से अधिक दिलचस्प हो रहा है!" एलिस रोया

Vous pouvez voir qu'elle était très surprise

आप देख सकते हैं कि वह बहुत हैरान थी

« Je m'ouvre comme le plus grand télescope qui ait jamais existé ! »

"मैं अब तक की सबसे बड़ी दूरबीन की तरह खुल रहा हूँ!"

« Au revoir, les pieds ! Oh, mes pauvres petits pieds"

"अलविदा, पैर! ओह, मेरे गरीब छोटे पैर"

« Je me demande qui va vous mettre vos chaussures maintenant, mes chères ? »

"मुझे आश्चर्य है कि अब आपके लिए आपके जूते कौन डालेगा, प्रिय?"

et je me demande qui mettra vos bas ?

"और मुझे आश्चर्य है कि आपके मोज़े कौन डालेगा?"

« Je serai beaucoup trop loin »

"मैं बहुत दूर रहूँगा"

« Je ne pourrai plus me soucier de toi »

"मैं अब तुम्हारे बारे में खुद को परेशान नहीं कर पाऊंगा"

Juste à ce moment, sa tête heurta quelque chose

बस इसी समय उसका सिर किसी चीज से टकराया

Elle avait atteint le toit de la salle

वह हॉल की छत पर पहुंच गई थी

En fait, elle mesurait maintenant plus de deux mètres

वास्तव में, वह अब दो मीटर से अधिक लंबी थी

et elle prit aussitôt la petite clef d'or

और उसने तुरंत छोटी सुनहरी चाबी उठा ली

et elle se précipita vers la porte du jardin

और वह जल्दी से बगीचे के दरवाजे की ओर चल पड़ी

Pauvre Alice ! Il n'y avait pas grand-chose qu'elle pouvait faire

गरीब ऐलिस! वह ज्यादा कुछ नहीं कर सकती थी

Elle s'allongea sur le côté

वह एक तरफ लेट गई

et elle regarda d'un œil dans le jardin

और उसने एक आँख से बगीचे में देखा

Mais s'en sortir était plus désespéré que jamais

लेकिन के माध्यम से प्राप्त करने के लिए पहले से कहीं अधिक निराशाजनक था

Elle s'est assise et a recommencé à pleurer

वह बैठ गई और फिर से रोने लगी

Elle a continué à verser des litres de larmes

वह आँसू के गैलन बहाती चली गई

Bientôt, il y eut une grande flaque tout autour d'elle

जल्द ही उसके चारों ओर एक बड़ा पूल था

et l'eau atteignait la moitié du couloir

और पानी हॉल के आधे रास्ते तक पहुंच गया

Au bout d'un moment, elle entendit un petit claquement de pieds

थोड़ी देर बाद उसे पैरों की हल्की थपकी सुनाई दी

Elle entendit les pas venir de loin

उसने दूर से आते पैरों की आवाज सुनी

et elle s'essuya vivement les yeux pour voir ce qui allait arriver

और उसने जल्दी से अपनी आँखें सुखा लीं यह देखने के लिए कि क्या आ रहा था

C'était le retour du Lapin Blanc

यह सफेद खरगोश लौट रहा था

Il était magnifiquement vêtu

उसने शानदार कपड़े पहने थे

Il avait une paire de gants blancs dans une main

उनके एक हाथ में सफेद दस्ताने थे

et il avait un grand éventail de plumes dans l'autre main

और उसके दूसरे हाथ में एक बड़ा पंख पंखा था

Il arriva en trottinant en toute hâte

वह बड़ी जल्दी में टहलता हुआ आया

et il murmura en lui-même : « Oh ! la duchesse, la duchesse !

और वह मन ही मन बुदबुदाया, "ओह! डचेस, डचेस!"

« Ah ! ne serait-elle pas sauvage si je l'ai fait attendre !

"ओह! अगर मैंने उसे इंतज़ार करवाया तो क्या वह वहशी नहीं होगी!"

Quand le Lapin s'approcha d'elle, Alice prit la parole

जब खरगोश उसके पास आया, तो एलिस बोली

Mais elle parlait d'une voix basse et timide

लेकिन वह धीमी, डरपोक आवाज में बोली

« Monsieur, s'il vous plaît, arrêtez ce que vous faites un instant »

"सर, आप जो कर रहे हैं उसे एक पल के लिए रोक दें"

Le Lapin sursauta violemment

खरगोश हिंसक चौंका

Il laissa tomber les gants blancs et l'éventail de plumes

उसने सफेद दस्ताने और पंख पंखे को गिरा दिया

et il s'enfuit dans les ténèbres aussi vite qu'il le put

और वह जितनी तेजी से हो सकता था उतनी तेजी से अंधेरे
में भाग गया

Alice ramassa l'éventail en plumes et les gants

एलिस ने पंख पंखा और दस्ताने उठाए

Et elle n'arrêtait pas de s'éventer tout en parlant

और वह बात करते हुए खुद को पंखा करती रही

« Cher, cher ! Comme tout est étrange aujourd'hui ! »

"प्रिय, प्रिय! आज सब कुछ कितना अजीब है!

« Hier, les choses se sont passées comme d'habitude »

"कल चीजें हमेशा की तरह ही चलीं"

« Étais-je le même quand je me suis levé ce matin ? »

"क्या मैं भी वही था जब मैं आज सुबह उठा था?

« Mais si je ne suis pas le même, il y a une autre question »

"लेकिन अगर मैं वही नहीं हूं, तो एक और सवाल है"

« Qui suis-je ? »

"मैं दुनिया में कौन हूँ?

« Ah, c'est le grand casse-tête ! »

"आह, यह बड़ी पहेली है!"

En disant cela, elle baissa les yeux sur ses mains

यह कहते हुए उसने अपने हाथों की ओर देखा

Elle portait l'un des petits gants blancs du lapin

उसने खरगोशों में से एक छोटे सफेद दस्ताने पहने हुए थे

Elle n'avait pas remarqué qu'elle avait mis le gant en parlant

उसने ध्यान नहीं दिया था कि उसने बात करते समय दस्ताने
पहन रखे थे

« Comment ai-je pu faire cela ? » a-t-elle pensé

"मैं ऐसा कैसे कर सकता था?" उसने सोचा

« Je dois redevenir petit »

"मुझे फिर से छोटा होना चाहिए"

Elle se leva et s'approcha de la table pour mesurer sa taille

वह उठी और अपनी ऊंचाई मापने के लिए मेज पर गई

Elle a découvert qu'elle mesurait maintenant environ un demi-mètre

उसने पाया कि वह अब लगभग आधा मीटर लंबी थी

et elle rétrécissait encore rapidement

और वो अभी भी तेजी से सिकुड़ रही थी

Elle découvrit rapidement quelle était la cause de ce rétrécissement

उसे जल्द ही पता चल गया कि सिकुड़ने का कारण क्या था

L'éventail de plumes la rendait encore plus petite !

पंख पंखा उसे फिर से छोटा कर रहा था!

et elle laissa tomber l'éventail de plumes à la hâte

और उसने जल्दी से पंख पंखा गिरा दिया

Elle laissa tomber l'éventail de plumes juste à temps pour se sauver

उसने खुद को बचाने के लिए समय पर पंख पंखा गिरा दिया

Si elle s'était éventée plus longtemps, elle se serait complètement retirée

अगर वह खुद को और अधिक पंखा करती तो वह पूरी तरह से सिकुड़ जाती

« C'était une échappatoire de justesse ! » dit Alice

"वह एक संकीर्ण पलायन था!" एलिस ने कहा

et elle fut bien effrayée de ce changement soudain

और वह अचानक बदलाव से काफी डर गई थी

mais elle était très heureuse de se trouver encore en existence

लेविन वह खुद को अभी भी अस्तित्व में पाकर बहुत खुश थी

« Et maintenant, en route pour le jardin ! »

"और अब, बगीचे के लिए रवाना!"

Et elle courut à toute vitesse vers la petite porte

और वह पूरी गति के साथ छोटे दरवाजे पर वापस भाग गई

Mais, hélas ! La petite porte fut refermée

लेकिन, अफसोस! छोटा दरवाजा फिर से बंद हो गया

et la petite clé d'or était de nouveau posée sur la table de verre

और छोटी सुनहरी चाबी फिर से कांच की मेज पर पड़ी थी

« Les choses sont pires que jamais », pensa le pauvre enfant

"हालात पहले से भी बदतर हैं," गरीब बच्चे ने सोचा

« Je n'ai jamais été aussi petit que ça auparavant, jamais ! »

"मैं पहले कभी इतना छोटा नहीं था, कभी नहीं!"

En prononçant ces mots, son pied glissa

जैसे ही उसने ये शब्द कहे, उसका पैर फिसल गया

et un instant plus tard, il y eut une grande éclaboussure !

और एक और पल में एक महान छप था!

Elle était dans l'eau salée jusqu'au menton

वह खारे पानी में अपनी ठुड्डी तक थी

Sa première idée fut qu'elle était tombée d'une manière ou d'une autre dans la mer

उसका पहला विचार यह था कि वह किसी तरह समुद्र में गिर गई थी

Cependant, elle s'est vite rendu compte dans quoi elle se trouvait

हालांकि, उसे जल्द ही एहसास हुआ कि वह क्या कर रही थी

Elle était dans une mare de larmes

वह आंसुओं के पूल में थी

les larmes qu'elle avait versées quand elle avait deux mètres de haut

आँसू वह रोया था जब वह दो मीटर लंबा था

Juste à ce moment-là, elle entendit quelque chose

तभी उसे कुछ सुनाई दिया

Quelque chose barbotait dans la mare

पूल में कुछ छींटे मार रहा था

Les éclaboussures venaient d'un peu de loin

छींटे थोड़ी दूर से आए

et elle nagea plus près pour voir ce que c'était que les éclaboussures

और वह तैरकर पास आ गई यह देखने के लिए कि छींटे क्या हैं

Elle vit bientôt que ce n'était qu'une petite souris

उसने जल्द ही देखा कि यह केवल एक छोटा चूहा था

La petite souris s'était également glissée dans l'eau

छोटा चूहा भी पानी में फिसल गया था

Alice réfléchit à la situation

एलिस ने स्थिति के बारे में खुद को सोचा

« Serait-il utile de parler à cette souris ? »

"क्या इस चूहे से बात करने का कोई फायदा होगा?"

« Tout est tellement à l'envers ici »

"यहाँ सब कुछ इतना ऊपर-नीचे है"

« Je pense que c'est très probable que cette souris peut parler »

"मुझे लगता है कि बहुत संभावना है कि यह माउस बात कर सकता है"

« En tout cas, il n'y a pas de mal à essayer »

"किसी भी दर पर, कोशिश करने में कोई बुराई नहीं है"

Alors elle a commencé à essayer de parler à la souris

इसलिए वह चूहे से बात करने की कोशिश करने लगी

« Oh Souris, sais-tu comment sortir de cette mare ? »

"ओह माउस, क्या आप इस पूल से बाहर निकलने का रास्ता जानते हैं?"

« Je suis bien fatigué de nager ici, ô souris ! »

"मैं यहाँ तैरने से बहुत थक गया हूँ, ओह माउस!"

La souris la regarda d'un air assez inquisiteur

चूहे ने उसे जिज्ञासा से देखा

La souris semblait cligner de l'œil avec l'un de ses petits yeux

चूहा अपनी एक छोटी सी आंख से पलक झपकाता प्रतीत हो रहा था

Mais la petite souris ne dit rien

लेकिन छोटे चूहे ने कुछ नहीं कहा

« Peut-être la souris ne comprend-elle pas l'anglais », pensa Alice

"शायद चूहा अंग्रेजी नहीं समझता है," एलिस ने सोचा

« J'ose dis-le que c'est une souris française »

"मैं यह कहने की हिम्मत करता हूं कि यह एक फ्रांसीसी माउस है"

« peut-être que cette souris est venue avec Guillaume le

Conquérant »

"शायद यह चूहा विलियम द कॉन्करर के साथ आया था"

Alors elle a recommencé, en français

तो उसने फिर से फ्रेंच में शुरू किया

« Où est mon chat ? » a-t-elle demandé en français

"मेरी बिल्ली कहाँ है?" उसने फ्रेंच में पूछा

c'était la première phrase de son livre de leçons de français

यह उसकी फ्रेंच पाठ-पुस्तक का पहला वाक्य था

La souris fit un saut soudain hors de l'eau

चूहे ने अचानक पानी से बाहर छलांग लगाई

et la souris semblait frémir de frayeur

और चूहा डर के मारे थरथराने लगा

— Oh ! je vous demande pardon ! s'écria vivement Alice

"ओह, मैं आपसे क्षमा माँगता हूँ!" अलाइस जल्दी से चिल्लाया

Elle craignait d'avoir blessé les sentiments du pauvre animal

उसे डर था कि उसने गरीब जानवर की भावनाओं को चोट पहुंचाई है

« J'oubliais que tu n'aimais pas les chats »

"मैं भूल गया कि आपको बिल्लियाँ पसंद नहीं थीं"

« Je n'aime pas les chats ! » cria la Souris d'une voix aiguë et passionnée

"मुझे बिल्लियाँ पसंद नहीं हैं!" चूहा तीखी, भावुक आवाज़ में चिल्लाया

« Voudrais-tu des chats, si tu étais moi ? »

"क्या आप बिल्लियों को पसंद करेंगे, अगर आप मेरी जगह थे?

Alice réconforta la souris d'un ton apaisant

एलिस ने सुखदायक स्वर में चूहे को दिलासा दिया

« Eh bien, peut-être que je n'aimerais pas non plus les chats si j'étais vous »

"ठीक है, शायद मैं बिल्लियों को पसंद नहीं करूंगा अगर मैं

भी तुम्हारी जगह होता"

« S'il vous plaît, ne soyez pas en colère à propos de la mention des chats »

"कृपया बिल्लियों के उल्लेख के बारे में नाराज न हों"

« Et pourtant, j'aimerais pouvoir te montrer notre chat Dinah »

"और फिर भी मेरी इच्छा है कि मैं आपको हमारी बिल्ली दीना दिखा सकूं"

« Si vous la rencontriez, je pense que vous prendriez goût aux chats »

"अगर आप उससे मिले तो मुझे लगता है कि आप बिल्लियों के लिए एक फैंसी लेंगे"

« Si seulement vous pouviez la voir »

"यदि आप केवल उसे देख सकते हैं"

« Elle est une chose si chère et si calme »

"वह इतनी प्यारी, शांत चीज है"

La souris tremblait de partout

चूहा हर तरफ हिल रहा था

Alice était certaine que la souris devait être vraiment offensée

ऐलिस ने महसूस किया कि माउस वास्तव में नाराज होना चाहिए

« On ne parlera plus d'elle, si tu préfères ne pas le faire »

"हम उसके बारे में और बात नहीं करेंगे, अगर आप नहीं चाहते हैं"

« Nous, en effet ! » s'écria la Souris

"हम, वास्तव में!" चूहा चिल्लाया

La souris tremblait jusqu'au bout de sa queue

चूहा अपनी पूंछ के अंत तक कांप रहा था

« Comme si je voulais parler d'un tel sujet ! »

"जैसे कि मैं इस तरह के विषय पर बात करूंगा!"

« Notre famille a toujours détesté les chats »

"हमारा परिवार हमेशा बिल्लियों से नफरत करता था"

"Les chats ; des choses méchantes, basses, vulgaires !

"बिल्लियों; गंदी, नीच, अश्लील चीजें!"

« Ne me laissez plus entendre le nom ! »

"मुझे फिर से नाम मत सुनने दो!

— Je ne parlerai plus des chats, en effet, dit Alice

"मैं वास्तव में फिर से बिल्लियों का उल्लेख नहीं करूंगा!"

एलिस ने कहा

Elle était très pressée de changer de sujet

वह विषय बदलने की बहुत जल्दी में थी

"Êtes-vous... Aimez-vous les chiens ?

"क्या आप... क्या आप कुत्तों के शौकीन हैं?

« Il y a un petit chien si gentil près de notre maison, »

"हमारे घर के पास इतना प्यारा सा कुत्ता है,"

« Je voudrais te montrer le petit chien ! »

"मैं तुम्हें छोटा कुत्ता दिखाना चाहता हूँ!

"Ce petit chien tue tous les rats et...

"यह छोटा कुत्ता सभी चूहों को मारता है और ...

« Oh ! mon Dieu ! » s'écria Alice d'un ton triste

"ओह, प्रिय!" अलाइस एक उदास स्वर में चिल्लाया

« J'ai peur de t'avoir encore offensé ! »

"मुझे डर है कि मैंने आपको फिर से नाराज कर दिया है!"

La souris nageait loin d'elle aussi vite qu'elle le pouvait

चूहा जितनी तेजी से जा सकता था उतनी तेजी से उससे दूर तैर रहा था

et la souris fit tout un vacarme dans la mare

और चूहे ने पूल में काफी हंगामा किया

Alors elle appela doucement la souris

इसलिए उसने धीरे से चूहे को पुकारा

« Ma chère souris, s'il vous plaît, revenez ! »

"मेरे प्यारे चूहे, कृपया वापस आओ!

« Et nous ne parlerons pas des chats »

"और हम बिल्लियों के बारे में बात नहीं करेंगे"

« Et nous n'avons pas non plus besoin de parler des chiens »

"और हमें कुत्तों के बारे में भी बात नहीं करनी है"

Quand la souris entendit cela, elle se retourna

चूहे ने जब यह सुना तो वह पलट गया

et la petite souris nagea lentement vers elle

और छोटा चूहा धीरे-धीरे तैरकर वापस उसके पास आ गया

Le visage de la souris était assez pâle

चूहे का चेहरा काफी पीला पड़ गया था

et la souris parla d'une voix basse et tremblante

और चूहा धीमी, कांपती आवाज में बोला

« Allons à la rive »

"हमें किनारे पर जाने दो"

« et ensuite je vous raconterai mon histoire »

"और फिर मैं आपको अपना इतिहास बताऊंगा"

« et vous comprendrez pourquoi c'est moi qui déteste les chats et les chiens »

"और आप समझेंगे कि ऐसा क्यों है कि मैं बिल्लियों और कुत्तों से नफरत करता हूं"

Il était grand temps de partir

यह जाने का उच्च समय हो गया था

parce que la piscine devenait assez bondée

क्योंकि पूल में काफी भीड़ हो रही थी

D'autres oiseaux et animaux étaient tombés dans la mare

अन्य पक्षी और जानवर पूल में गिर गए थे

il y avait un Canard et un Dodo

एक बतख और एक डोडो थे

et il y avait un oiseau Lory et un aiglon

और एक लॉरी पक्षी और एक ईगलेट था

et il y avait plusieurs autres créatures intéressantes
और कई अन्य दिलचस्प दिखने वाले जीव थे
Alice a ouvert la voie à la sortie de la piscine
ऐलिस ने पूल से बाहर निकलने का रास्ता दिखाया
et toute la troupe des animaux nagea jusqu'au rivage
और जानवरों का पूरा दल तैरकर किनारे पर आ गया

<h3 style="text-align:center">Une course de caucus et une longue traîne</h3>

एक कॉकस दौड़ और एक लंबी पूंछ

C'était en effet une bande d'animaux à l'allure amusante

वे वास्तव में जानवरों का एक अजीब दिखने वाला झुंड थे

et ils se rassemblèrent tous sur le bord de l'eau

और वे सब पानी के किनारे इकट्ठे हुए

Les oiseaux avaient tous des plumes débraillées

सभी पक्षियों के पंख अस्त-व्यस्त थे

et les animaux à fourrure étaient trempés

और प्यारे जानवरों को भिगोया गया

et tous étaient trempés, agacés et mal à l'aise

और सभी गीले, नाराज और असहज टपक रहे थे

Il y avait une question à laquelle il fallait répondre en premier

एक सवाल था जिसका जवाब पहले देना था

Quelle est la meilleure façon pour tout le monde de se sécher ?

हर किसी के सूखने का सबसे अच्छा तरीका क्या है?

Ils ont tenu une consultation à ce sujet

उन्होंने इस मामले के बारे में परामर्श किया था

Bientôt, ils furent tous en bons termes

जल्द ही वे सभी परिचित शर्तों पर थे

C'était comme si elle les avait connus toute sa vie

ऐसा लगता था जैसे वह उन्हें जीवन भर जानती थी

La souris semblait être une personne d'une certaine autorité

चूहा किसी अधिकार का व्यक्ति लग रहा था

« Asseyez-vous, vous tous, et écoutez-moi ! »

"बैठो, तुम सब, और मेरी बात सुनो!"

« Je vais bientôt vous faire sécher à nouveau ! »

"मैं जल्द ही आप सभी को फिर से सूखा दूंगा!"

Ils s'assirent tous en même temps, dans un grand cercle

वे सभी एक साथ बैठ गए, एक बड़ी अंगूठी में

et la petite souris s'assit au milieu

और छोटा चूहा बीच में बैठ गया

« Hum ! » dit la souris d'un air important

"अहम!" चूहे ने एक महत्वपूर्ण हवा के साथ कहा

« Êtes-vous tous prêts ? »

"क्या आप सब तैयार हैं?"

« C'est la chose la plus sèche que je connaisse »

"यह सबसे सूखी बात है जिसे मैं जानता हूं"

« Silence tout autour, s'il vous plaît ! »

"चारों ओर मौन, अगर आप कृपया!"

« Guillaume le Conquérant était favorisé par le pape »

"विलियम द कॉन्करर को पोप ने पसंद किया था"

« mais il fut bientôt soumis par les Anglais »

"लेकिन वह जल्द ही अंग्रेजी द्वारा प्रस्तुत किया गया था"

« Ils voulaient des leaders ces derniers temps »

"वे देर से नेताओं को चाहते थे"

« et ils avaient été habitués au pouvoir et à la conquête »

"और वे शक्ति और विजय के आदी थे"

« Edwin et Morcar, les comtes de Mercie et de Northumbrie »

"एडविन और मोरकर, मर्सिया और नॉर्थम्ब्रिया के अर्ल्स"

« Pouah ! » dit l'oiseau lori, avec un frisson

"उह!" लोरी पक्षी ने एक कंपकंपी के साथ कहा

« et même Stigand, l'archevêque patriote de Cantorbéry »

"और यहां तक कि स्टिगैंड, कैंटरबरी के देशभक्त आर्कबिशप"

« Il l'a également trouvé opportun »

"उन्होंने भी इसे उचित पाया"

« Qu'a-t-il trouvé à propos ? » dit le canard

"उसे क्या सलाह मिली?" बतख ने कहा

— Il l'a trouvé opportun, répondit la souris d'un ton un peu contrarié

"उसने इसे उचित पाया," माउस ने उत्तर दिया, बल्कि क्रॉसली

Mais le canard n'était pas satisfait

लेकिन बतख संतुष्ट नहीं थी

« Bien sûr, vous savez ce que 'it' signifie »

"बेशक, आप जानते हैं कि 'यह' का क्या अर्थ है"

« Je sais ce que c'est quand je trouve quelque chose », dit le canard

"मुझे पता है कि जब मुझे कोई चीज़ मिलती है तो वह क्या होता है," बतख ने कहा

« C'est généralement une grenouille ou un ver »

"यह आम तौर पर एक मेंढक या कीड़ा है"

« La question est de savoir ce que l'archevêque a trouvé ?

"सवाल यह है कि आर्कबिशप ने क्या पाया?"

La souris n'a pas remarqué cette question

माउस ने इस सवाल पर ध्यान नहीं दिया

Au lieu de cela, la souris continua précipitamment son discours

इसके बजाय, माउस जल्दी से भाषण के साथ चला गया
« il a jugé opportun d'aller avec Edgar Atheling »
"उन्होंने एडगर एथेलिंग के साथ जाना उचित समझा"
« pour rencontrer Guillaume et lui offrir la couronne »
"विलियम से मिलने और उसे ताज देने के लिए"
la souris continua, se tournant vers Alice pendant qu'elle parlait
चूहा जारी रखा, ऐलिस की ओर मुड़ते हुए यह बात की
« Comment allez-vous maintenant, ma chère ? »
"अब आप कैसे चल रहे हैं, मेरे प्यारे?
– Aussi mouillée que jamais, dit Alice d'un ton mélancolique
"हमेशा की तरह गीला," एलिस ने उदास स्वर में कहा
« Cette histoire n'a pas l'air de me tarir du tout »
"यह कहानी मुझे बिल्कुल सूखी नहीं लगती है"
— Dans ce cas, dit solennellement le dodo en se levant
"उस मामले में," डोडो ने गंभीरता से कहा, अपने पैरों पर उठते हुए
« Je vote pour l'ajournement de la séance »
"मैं वोट देता हूं कि बैठक स्थगित कर दी जाए"
« et je propose l'adoption immédiate de remèdes plus énergiques »
"और मैं अधिक ऊर्जावान उपायों को तत्काल अपनाने का प्रस्ताव करता हूं"
« Dis des paroles vraies ! » dit l'aiglon
"असली शब्द बोलो!" चील ने कहा
« Je ne connais pas le sens de la moitié de ces longs mots »
"मुझे उन लंबे शब्दों में से आधे का अर्थ नहीं पता"
et, qui plus est, je ne crois pas que vous le sachiez non plus !
और, क्या अधिक है, मुझे विश्वास नहीं है कि आप या तो जानते हैं!

— Ce que j'allais dire, dit le dodo d'un ton offensé

"मैं क्या कहने जा रहा था," डोडो ने नाराज स्वर में कहा

« La meilleure chose à faire pour nous sécher serait une course au caucus »

"हमें सूखा पाने के लिए सबसे अच्छी बात एक कॉकस-रेस होगी"

« Qu'est-ce qu'une course de caucus ? » demanda Alice

"कॉकस-रेस क्या है?" एलिस ने कहा

« Eh bien, » dit le dodo, « la meilleure façon de l'expliquer, c'est de le faire »

"ठीक है," डोडो ने कहा, "इसे समझाने का सबसे अच्छा तरीका यह करना है"

« D'abord, le dodo a tracé un parcours »

"पहले डोडो ने रेस-कोर्स को चिह्नित किया"

« La piste était dans une sorte de cercle »

"ट्रैक एक तरह के घेरे में था"

« Et puis tout le groupe a été placé le long du parcours »

"और फिर सभी पार्टी को पाठ्यक्रम के साथ रखा गया था"

Il n'y avait pas de « Un, deux, trois et c'est parti ! »

कोई "एक, दो, तीन और दूर" नहीं था!

Mais ils ont commencé à courir quand ils voulaient

लेकिन वे जब चाहें दौड़ने लगे

et ils finissaient aussi quand ils le voulaient

और वे भी जब पसंद करते थे तब समाप्त हो जाते थे

Il n'était donc pas facile de savoir quand la course était
terminée

इसलिए यह जानना आसान नहीं था कि दौड़ कब खत्म हो
गई

Après environ une demi-heure de course, ils étaient tous
assez secs

आधे घंटे या दौड़ने के बाद वे सभी काफी सूखे थे

le dodo s'écria soudain : « La course est finie ! »

डोडो ने अचानक पुकारा, "दौड़ खत्म हो गई है!"

Et ils se pressèrent tous autour du Dodo

और वे सभी डोडो के चारों ओर भीड़ गए

Tous les animaux haletaient et soufflaient

सभी जानवर हांफ रहे थे और कश लगा रहे थे

et tous voulaient savoir : « Mais qui a gagné ? »

और वे सब जानना चाहते थे, "लेकिन कौन जीता है?

Le dodo ne pouvait pas répondre immédiatement à cette
question

इस सवाल का डोडो तुरंत जवाब नहीं दे सका

D'abord, il a dû beaucoup réfléchir

पहले उसे बहुत कुछ सोचना पड़ा

Après mûre réflexion, le dodo finit par parler

बहुत सोचने के बाद, डोडो आखिरकार बोला

« Tout le monde a gagné, et tous doivent avoir des prix »

"हर कोई जीता है, और सभी को पुरस्कार मिलना चाहिए"

« Mais qui doit donner les prix ? » demanda un chœur de voix

"लेकिन पुरस्कार देने वाला कौन है?" आवाज़ों का एक कोरस पूछा

— Eh bien, elle, bien sûr, dit le dodo

"ठीक है, वह, निश्चित रूप से," डोडो ने कहा

et le dodo pointa d'un doigt vers Alice

और डोडो ने एक उंगली से एलिस की ओर इशारा किया

et toute la troupe des animaux se pressait autour d'elle

और जानवरों की पूरी पार्टी उसके चारों ओर भीड़ गई

ils ont crié, d'une manière confuse : « Des prix ! Des prix !

उन्होंने उलझन में कहा, "पुरस्कार! पुरस्कार!"

Alice n'avait aucune idée de ce qu'elle devait faire

ऐलिस को पता नहीं था कि क्या करना है

Désespérée, elle mit la main dans sa poche

निराशा में उसने अपनी जेब में हाथ डाला

Et elle en sortit une boîte de bonbons

और उसने मिठाई का डिब्बा निकाला

Heureusement, l'eau salée n'était pas entrée dans la boîte

सौभाग्य से नमक-पानी बॉक्स में नहीं मिला था

et elle a distribué les bonbons comme prix

और उसने मिठाई को पुरस्कार के रूप में सौंप दिया

Il y avait exactement une pièce pour tout le monde

सभी के लिए बिल्कुल एक टुकड़ा था

La prochaine chose qu'ils devaient faire était de manger les bonbons

अगली चीज़ जो उन्हें करनी थी वह थी मिठाई खाना

Cela a causé du bruit et de la confusion

इससे कुछ शोर और भ्रम पैदा हुआ

Les grands oiseaux se plaignaient de ne pas pouvoir goûter leurs bonbons

बड़े पक्षियों ने शिकायत की कि वे अपनी मिठाई का स्वाद नहीं ले सकते

Les petits s'étouffaient et devaient être tapotés dans le dos

छोटे लोगों का दम घुट गया और उन्हें पीठ पर थपथपाना पड़ा

Cependant, c'était enfin fini

हालाँकि, यह अंत में खत्म हो गया था

Et ils se rassirent en cercle

और वे फिर से एक अंगूठी में बैठ गए

et ils supplièrent la souris de leur dire quelque chose de plus

और उन्होंने चूहे से विनती की कि वह उन्हें कुछ और बताए

— Vous m'avez promis de me raconter votre histoire, vous savez, dit Alice

"आपने मुझे अपना इतिहास बताने का वादा किया था, आप जानते हैं," एलिस ने कहा

et elle fit une autre petite remarque sur les chats à voix basse

और उसने कानाफूसी में बिल्लियों के बारे में एक और छोटी सी टिप्पणी की

Elle ne voulait pas offenser à nouveau la souris

वह फिर से चूहे को नाराज नहीं करना चाहती थी

la petite souris se tourna vers Alice et soupira

छोटा चूहा ऐलिस की ओर मुड़ा और आह भरी

« Ma conte est long et triste ! »

"मेरी एक लंबी और दुखद कहानी है!"

— C'est une longue queue, certainement, dit Alice

"यह एक लंबी पूंछ है, निश्चित रूप से," एलिस ने कहा

et elle baissa les yeux avec étonnement sur la queue de la souris

और उसने आश्चर्य से चूहे की पूंछ की ओर देखा

« Mais pourquoi appelez-vous cela une queue triste ? »

"लेकिन आप इसे उदास पूंछ क्यों कहते हैं?"

Et elle n'arrêtait pas de s'interroger à ce sujet pendant que la souris parlait

और वह इसके बारे में परेशान करती रही, जबकि चूहा बोल रहा था

de sorte que son idée de l'histoire était quelque chose comme ceci

ताकि कहानी के बारे में उसका विचार कुछ इस तरह हो

<pre>
        "Fury said to
          a mouse, That
            he met in the
              house, 'Let
                us both go
                  to law: I
                  will prosecute
                  you.—
                  Come, I'll
                take no denial:
              We must have
            the trial;
          For really
        this morning
    I've
    nothing
      to do.'
        Said the
          mouse to
            the cur,
              'Such a
                trial, dear
                  sir, With
                    no jury
                      or judge,
                      would
                      be wasting
                    our
                  breath."
              'I'll be
              judge,
            I'll be
          jury,'
        said
        cunning
          old
            Fury;
              'I'll
                try
                  the
                    whole
                      cause,
                      and
                      condemn
                    you to
              death.'"
</pre>

Fury dit à une souris : Qu'il s'est rencontré dans la maison.

रोष ने एक चूहे से कहा, कि वह घर में मिला था"

Allons tous les deux en justice, je vous poursuivrai

हम दोनों कानून के पास जाएं: मैं आप पर मुकदमा चलाऊंगा

Allons, je n'accepterai aucun démenti : il faut que nous
fassions l'épreuve

आओ, मैं कोई इनकार नहीं करूंगा: हमारे पास परीक्षण होना
चाहिए

Car vraiment ce matin je n'ai rien à faire

वास्तव में आज सुबह के लिए मेरे पास करने के लिए कुछ
नहीं है

Dit la souris au maudit ;

चूहे ने कर्र से कहा;

Un tel procès, cher monsieur, sans jury ni juge, nous ferait
perdre notre souffle

इस तरह के एक परीक्षण, प्रिय महोदय, कोई जूरी या
न्यायाधीश के साथ, हमारी सांस बर्बाद कर रहा होगा

« Je serai juge, je serai jury », dit le vieux rusé Fury

"मैं जज बनूंगा, मैं जूरी बनूंगा," चालाक बूढ़े फ्यूरी ने कहा

Je vais juger toute la cause, et je vous condamnerai à mort

मैं पूरे कारण की कोशिश करूंगा, और आपको मौत की सजा
दूंगा

la souris parla sévèrement à Alice

चूहे ने एलिस से गंभीर रूप से बात की

« Tu ne fais pas attention ! »

"आप ध्यान नहीं दे रहे हैं!"

« À quoi pensez-vous ? »

"क्या सोच रहे हो?"

— Je vous demande pardon, dit Alice très humblement

"मैं आपसे क्षमा माँगता हूँ," अलाइस ने बहुत विनम्रता से कहा

« Tu étais arrivé au cinquième virage, je crois ? »

"आप पांचवें मोड़ पर पहुंच गए थे, मुझे लगता है?"

« Vous m'insultez en disant de telles bêtises ! »

"आप ऐसी बकवास करके मेरा अपमान करते हैं!"

Et la souris se leva et s'éloigna

और चूहा उठकर चला गया

Alice appela la petite souris

ऐलिस ने छोटे चूहे के बाद बुलाया

« S'il vous plaît, revenez et terminez votre histoire ! »

"कृपया वापस आओ और अपनी कहानी खत्म करो!

Et les autres se joignirent tous en chœur

और अन्य सभी कोरस में शामिल हो गए

« Oui, s'il vous plaît, terminez votre histoire ! »

"हाँ, प्लीज़ अपनी कहानी खत्म करो!

Mais la souris se contenta de secouer la tête avec impatience

लेकिन चूहे ने केवल अधीरता से अपना सिर हिला दिया

et la petite souris marchait un peu plus vite

और छोटा चूहा थोड़ा तेज चला गया

« Je voudrais bien avoir Dinah, notre chat, ici ! » dit Alice

"काश मेरे पास दीना, हमारी बिल्ली, यहाँ होती!" एलिस ने कहा

Cela provoqua une sensation remarquable parmi le parti

इससे पार्टी में उल्लेखनीय सनसनी फैल गई

Quelques-uns des oiseaux se hâtèrent de s'éloigner

कुछ पक्षी तुरंत चले गए

et un canari appela d'une voix tremblante ses enfants ;

और एक कैनरी ने कांपते हुए आवाज में अपने बच्चों को पुकारा;

« Allez-vous-en, mes chères ! »

"चले जाओ, मेरे प्यारे!"

« Il est grand temps que vous soyez tous au lit ! »

"यह उच्च समय है जब आप सभी बिस्तर पर थे!"

Avec diverses excuses, ils sont tous partis

तरह-तरह के बहाने बनाकर वे सब चले गए

et Alice se retrouva bientôt seule

और ऐलिस जल्द ही अकेला रह गया था

« J'aurais aimé ne pas avoir mentionné Dinah ! »

"काश मैंने दीना का जिक्र नहीं किया होता!"

« Personne n'a l'air de l'aimer ici »

"कोई भी उसे यहाँ पसंद नहीं करता है"

« Mais je suis sûr que c'est la meilleure chatte du monde ! »

"लेकिन मुझे यकीन है कि वह दुनिया की सबसे अच्छी बिल्ली है!

La pauvre Alice se remit à pleurer

बेचारी ऐलिस फिर से रोने लगी

parce qu'elle se sentait très seule et déprimée

क्योंकि वह बहुत अकेला और कम उत्साही महसूस करती थी

Au bout de peu de temps, cependant, elle entendit de nouveau quelque chose

लेकिन थोड़ी देर में उसे फिर कुछ सुनाई दिया

un petit bruit de pas au loin

दूरी में कदमों की एक छोटी सी थपथपाना

et elle leva les yeux avec impatience

और उसने उत्सुकता से ऊपर देखा

Le lapin envoie le petit M. Bill
खरगोश थोड़ा मिस्टर बिल में भेजता है

C'était le lapin blanc, qui revenait lentement au trot

यह सफेद खरगोश था, धीरे-धीरे फिर से वापस आ रहा था

Il regardait anxieusement autour de lui en chemin

जाते-जाते वह उत्सुकता से इधर-उधर देख रहा था

Il avait l'air d'avoir perdu quelque chose

उसे ऐसा लग रहा था जैसे उसने कुछ खो दिया हो

Alice l'entendit marmonner pour lui-même

एलिस ने उसे खुद से गुनगुनाते हुए सुना

— La duchesse ! La Duchesse ! Oh, mes chères pattes !

"डचेस! डचेस! ओह, मेरे प्यारे पंजे!"

« Oh, ma fourrure et mes moustaches ! »

"ओह, मेरे फर और मूंछ!"

« Elle va me faire exécuter, j'en suis sûr »

"वह मुझे मार डालेगी, मुझे इस बात का यकीन है"

« Aussi sûr que les furets sont des furets ! »

"बस के रूप में यकीन है कि फेरेट्स फेरेट्स हैं!"

« Où ai-je pu laisser tomber mes affaires, je me demande ? »

"मैं अपनी चीजें कहां गिरा सकता हूं, मुझे आश्चर्य है?"

Alice devina en un instant ce qu'il cherchait

एलिस ने एक पल में अनुमान लगाया कि वह क्या ढूंढ रहा था

Il cherchait l'éventail de plumes

वह पंख पंखे की तलाश में था

et il cherchait la paire de gants blancs

और वह सफेद दस्ताने की जोड़ी की तलाश में था

Elle se mit donc très gentiment à chercher les gants

इसलिए वह बहुत अच्छे स्वभाव से दस्ताने की तलाश करने लगी

Et elle chercha aussi l'éventail de plumes

और उसने पंख पंखे की भी तलाश की

Mais les gants et l'éventail de plumes étaient introuvables

लेकिन दस्ताने और पंख पंखे कहीं नहीं दिखे

Tout semblait avoir changé depuis sa baignade dans la piscine

पूल में तैरने के बाद से सब कुछ बदल गया था

Rien n'était pareil depuis qu'elle était dans la grande salle

जब से वह ग्रेट हॉल में थी, तब से कुछ भी पहले जैसा नहीं था

et la table de verre avait disparu

और कांच की मेज गायब हो गई थी

Et la petite porte n'était pas là non plus

छोटा दरवाजा भी वहां नहीं था

Très vite, le lapin remarqua Alice

बहुत जल्द खरगोश ने ऐलिस को देखा

Il l'appela d'un ton furieux

उसने गुस्से में उसे बुलाया

« Mary Ann, que fais-tu ici ? »

"मैरी एन, तुम यहाँ क्या कर रही हो?

« Rentre chez toi à l'instant même »

"इस पल घर भागो"

« Et apporte-moi une paire de gants et un éventail de plumes ! »

"और मुझे दस्ताने और पंख प्रशंसक की एक जोड़ी लाओ!"

« Et faites vite ! »

"और इसके बारे में जल्दी करो!"

Alice se parlait à elle-même en s'enfuyant

एलिस ने भागते हुए खुद से बात की

— Il a dû me prendre pour sa femme de chambre !

"उसने मुझे अपनी घरेलू नौकरानी समझ लिया होगा!"

« Comme il sera surpris quand il découvrira qui je suis ! »

"वह कितना आश्चर्यचकित होगा जब उसे पता चलेगा कि मैं कौन हूं!"

En disant cela, elle tomba sur une petite maison soignée

यह कहते हुए वह एक साफ-सुथरे छोटे से घर पर आ गई

Sur la porte de la maison se trouvait une plaque de laiton brillant

घर के दरवाजे पर एक चमकीली पीतल की प्लेट थी

« W. LAPIN »

"डब्ल्यू खरगोश"

Elle entra sans frapper à la porte

वह दरवाजा खटखटाए बिना अंदर चली गई

et elle se hâta de monter l'escalier

और वह जल्दी से सीधे ऊपर की ओर बढ़ गई

elle craignait de rencontrer la vraie Mary Ann

उसे चिंता थी कि वह असली मैरी एन से मिल सकती है

parce qu'alors elle serait chassée de la maison

क्योंकि तब उसे घर से बाहर कर दिया जाएगा

et elle ne pourrait pas trouver l'éventail de plumes et les gants

और वह पंख पंखे और दस्ताने खोजने में सक्षम नहीं होगी

Alice s'était frayé un chemin dans une petite pièce bien rangée

ऐलिस ने एक साफ छोटे कमरे में अपना रास्ता खोज लिया था

Dans la pièce, il y avait une table près de la fenêtre

कमरे में खिड़की के पास एक मेज थी

et sur la table, il y avait un éventail de plumes

और मेज पर एक पंख प्रशंसक था

et il y avait deux ou trois paires de petits gants blancs

और छोटे सफेद दस्ताने के दो या तीन जोड़े थे

Elle ramassa l'éventail en plumes et une paire de gants

उसने पंख पंखे और दस्ताने की एक जोड़ी उठाई

et elle allait quitter la pièce

और वह कमरे से बाहर निकलने ही वाली थी

mais alors ses yeux tombèrent sur une petite bouteille

लेकिन तभी उसकी नजर एक छोटी बोतल पर पड़ी

Elle déboucha la bouteille et la porta à ses lèvres

उसने बोतल को खोल दिया और अपने होंठों से लगा लिया

« J'espère que cela me fera redevenir grand »

"मुझे उम्मीद है कि यह मुझे फिर से बड़ा कर देगा"

« J'en ai marre d'être une toute petite chose ! »

"मैं इतनी छोटी सी चीज होने से थक गया हूँ!"

Alice avait à peine bu la moitié de la bouteille

एलिस ने मुश्किल से आधी बोतल पी ली थी

Sa tête était déjà appuyée contre le plafond

उसका सिर पहले से ही छत के खिलाफ दबा रहा था

et elle dut se baisser

और उसे नीचे झुकना पड़ा

pour sauver son cou d'être brisé

उसकी गर्दन को टूटने से बचाने के लिए

Elle posa précipitamment la bouteille

उसने जल्दी से बोतल नीचे रख दी

« C'est bien assez »

"यह काफी है"

« J'espère que je ne grandirai plus »

"मुझे आशा है कि मैं अब और नहीं बढ़ूंगा"

Hélas! Il était trop tard pour souhaiter cela !

हाय! यह इच्छा करने के लिए बहुत देर हो चुकी थी!

Elle n'a cessé de grandir

वह बढ़ती और बढ़ती चली गई

et très vite elle dut s'agenouiller sur le sol

और बहुत जल्द उसे फर्श पर घुटने टेकने पड़े

Et même alors, elle a continué à grandir

और फिर भी वह बढ़ती चली गई

Comme dernière ressource, elle passa un bras par la fenêtre

अंतिम संसाधन के रूप में उसने एक हाथ खिड़की से बाहर रखा

et elle mit un pied dans la cheminée

और उसने एक पैर चिमनी के ऊपर रख दिया

« Maintenant, je ne peux plus faire, quoi qu'il arrive »

"अब मैं और अधिक नहीं कर सकता, चाहे कुछ भी हो जाए"

« Que vais-je devenir ? »

"मेरा क्या होगा?"

Alice a eu un peu de chance

ऐलिस के पास भाग्य का एक स्थान था

La petite bouteille magique avait fait son plein effet

छोटी जादू की बोतल का पूरा असर हो चुका था

et Alice ne grandit pas plus qu'elle n'était

और ऐलिस उससे बड़ी नहीं हुई

Au bout de quelques minutes, elle entendit une voix à l'extérieur

कुछ मिनटों के बाद उसने बाहर एक आवाज सुनी

et elle s'arrêta pour écouter la voix

और वह आवाज सुनने के लिए रुक गई

« Mary Ann ! Mary Ann ! dit la voix

"मैरी एन! मैरी एन!" आवाज ने कहा

« Apporte-moi mes gants tout de suite ! »

"मुझे इस पल मेरे दस्ताने लाओ!"

Puis vint un petit claquement de pieds dans l'escalier

फिर सीढ़ियों पर पैरों की थोड़ी थपकी आई

Alice savait que c'était le lapin qui venait la chercher

ऐलिस जानती थी कि यह खरगोश उसकी तलाश में आ रहा है

et elle trembla jusqu'à faire trembler la maison

और वह तब तक कांपती रही जब तक उसने घर को हिला नहीं दिया

elle oublia tout à fait quelles étaient ses proportions

वह बिल्कुल भूल गई कि उसका अनुपात क्या था

Elle était mille fois plus grosse que le lapin

वह खरगोश से हजार गुना बड़ी थी

et elle n'avait aucune raison d'avoir peur d'un lapin

और उसके पास खरगोश से डरने का कोई कारण नहीं था

Bientôt le lapin s'approcha de la porte

अब खरगोश दरवाजे तक आ गया

et le petit lapin essaya d'ouvrir la porte

और छोटे खरगोश ने दरवाजा खोलने की कोशिश की

La porte a commencé à s'ouvrir vers l'intérieur

दरवाजा अंदर की ओर खुलने लगा

mais le coude d'Alice était fortement appuyé contre la porte

लेकिन ऐलिस की कोहनी दरवाजे के खिलाफ जोर से दबाई गई थी

Cette tentative s'est avérée un échec

यह प्रयास विफल साबित हुआ

Alice entendit le lapin se parler à lui-même

एलिस ने खरगोश को खुद से बात करते सुना

« Ensuite, je vais faire le tour et entrer par la fenêtre »

"तो फिर मैं चारों ओर जाकर खिड़की से अंदर आऊंगा"

« Que tu ne le feras pas ! » pensa Alice

"यह आप नहीं करेंगे!" अलाइस ने सोचा

Et elle attendit encore un peu

और उसने फिर से थोड़ा इंतजार किया

Bientôt, elle entendit le lapin juste sous la fenêtre

जल्द ही उसने खिड़की के नीचे खरगोश को सुना

Elle étendit soudain la main

उसने अचानक अपना हाथ फैला दिया

et elle fit une prise en l'air

और उसने हवा में एक झपट लिया

Elle n'a rien attrapé

उसे कुछ भी पकड़ में नहीं आया

mais elle entendit un petit cri et une chute

लेकिन उसने थोड़ी चीख और गिरने की आवाज सुनी

et elle entendit un fracas de verre brisé

और उसने टूटे हुए कांच की एक दुर्घटना सुनी

Peut-être le lapin était-il tombé

शायद खरगोश गिर गया था

Peut-être était-il dans une serre

शायद वह ग्रीन हाउस में था

Puis vint une voix en colère ; La voix du lapin

इसके बाद गुस्से की आवाज आई; खरगोश की आवाज

« Pat, où es-tu ? »

"पैट, तुम कहाँ हो?"

Et puis vint une voix qu'elle n'avait jamais entendue auparavant

और फिर एक आवाज आई जो उसने पहले कभी नहीं सुनी थी

« Votre honneur, je suis là ! »

"हुजूर, मैं यहाँ हूँ!"

« Je creuse pour trouver des pommes »

"मैं सेब के लिए खुदाई कर रहा हूँ"

« Ici ! Venez m'aider à m'en sortir !

"यहाँ! आओ और इससे बाहर निकलने में मेरी मदद करो!"

« Maintenant, dis-moi, Pat, qu'est-ce qu'il y a dans la fenêtre ? »

"अब मुझे बताओ, पैट, खिड़की में क्या है?"

« Bien sûr, Votre Honneur, je vais vous le dire »

"ज़रूर, हुज़ूर, मैं आपको बताता हूँ"

« C'est un bras qui est dans la fenêtre ! »

"यह एक हाथ है जो खिड़की में है!"

« Eh bien, un bras n'a rien à faire là-bas »

"ठीक है, एक हाथ का वहां कोई व्यवसाय नहीं है"

« Va et enlève le bras ! »

"जाओ और हाथ ले लो!"

Il y eut un long silence après cela

इसके बाद एक लंबी चुप्पी थी

et Alice n'entendait que des chuchotements de temps en temps

और ऐलिस केवल कभी-कभी फुसफुसाते हुए सुन सकती थी

et enfin elle étendit de nouveau la main

और अंत में उसने फिर से अपना हाथ फैला दिया

et elle fit une autre arrachée dans les airs

और उसने हवा में एक और झपकी ली

Cette fois, il y eut deux petits cris

इस बार दो छोटी-छोटी चीखें थीं

et il y avait d'autres bruits de verre brisé

और टूटे शीशे की आवाजें ज्यादा आ रही थीं

« Je me demande ce qu'ils vont faire ensuite ! » pensa Alice

"मुझे आश्चर्य है कि वे आगे क्या करेंगे!" अलाइस ने सोचा

« J'aimerais qu'ils me tirent par la fenêtre »

"काश वे मुझे खिड़की से बाहर खींच लेते"

Elle attendit un certain temps

उसने कुछ देर इंतजार किया

Mais pendant un moment, elle n'entendit plus rien

लेकिन थोड़ी देर के लिए उसने कुछ और नहीं सुना

Enfin, il y eut un grondement de petites roues

अंत में छोटे पहियों की गड़गड़ाहट आई

et il y eut le son d'un bon nombre de voix

और वहाँ एक अच्छी कई आवाज़ें आईं

Toutes les voix parlaient ensemble

सभी आवाजें एक साथ बोल रही थीं

Elle pouvait distinguer certaines des paroles

वह कुछ शब्दों को समझ सकती थी

« Où est l'autre échelle ? »

"दूसरी सीढ़ी कहाँ है?

« Bill a l'autre échelle »

"बिल को दूसरी सीढ़ी मिल गई है"

« Bill, viens ici ! »

"बिल, इधर आओ!"

« Le toit va-t-il supporter le fardeau ? »

"क्या छत का बोझ सहन होगा?"

« Qui veut descendre par la cheminée ? »

"चिमनी के नीचे कौन जाना चाहता है?"

— Non, je ne le ferai pas ! Vous le faites !

"नहीं, मैं नहीं करूँगा! तुम कर दो!"

« Tiens, Bill ! »

"यहाँ, बिल!"

« Le maître dit qu'il faut descendre par la cheminée ! »

मास्टर का कहना है कि आप चिमनी नीचे जाने के लिए मिल गया है!

Alice descendit son pied aussi loin qu'elle le put dans la cheminée

एलिस ने अपने पैर को चिमनी के नीचे तक खींचा जितना वह कर सकती थी

Et puis elle attendit de voir ce qui allait arriver

और फिर वह इंतजार कर रही थी कि क्या आ रहा था

Elle entendit un petit animal gratter et se débattre

उसने एक छोटे जानवर को खरोंचने और हाथापाई करने की

आवाज सुनी
Le petit animal doit être dans la cheminée
छोटा जानवर चिमनी में होना चाहिए
Puis elle donna un coup de pied sec
फिर उसने एक तेज किक दी
et elle attendit de voir ce qui allait se passer ensuite
और वह इंतजार कर रही थी कि आगे क्या होगा
Elle entendit un chœur général de voix
उसने आवाज़ों का एक सामान्य कोरस सुना
« Voilà Bill ! » dirent-ils tous
"बिल जाता है!" वे सभी ने कहा
Puis elle entendit la voix du lapin seule
तभी उसे अकेले में खरगोश की आवाज सुनाई दी
« Toi par la haie, attrape-le ! »
"तुम बाड़े से, उसे पकड़ो!"
Il y eut un autre moment de silence
मौन का एक और क्षण था
Et puis il y eut une autre confusion de voix
और फिर आवाज़ों का एक और भ्रम था
« Lève la tête, Brandy »
"उसका सिर पकड़ो, ब्रांडी"
« Attention à ne pas l'étouffer »
"सावधान रहें कि उसका गला न घोंट दें"
« Qu'est-ce qui t'est arrivé ? »
"क्या हुआ है तुम्हें?"
Enfin, une petite voix faible et grinçante est apparue
अंत में एक छोटे से कमजोर, कर्कश आवाज आया
« Eh bien, je n'en sais presque pas plus »
"ठीक है, मैं शायद ही और अधिक नहीं जानता"
« merci à tous, je vais mieux maintenant »
"आप सभी को धन्यवाद, मैं अब बेहतर हूं"

« il y a une chose dont je peux me souvenir »
"एक बात है जो मैं याद रख सकता हूं"
« Quelque chose vient à moi comme un train dans un tunnel »
"कुछ मेरे पास आता है जैसे सुरंग में ट्रेन की तरह"
« Et je vole comme une fusée ! »
"और ऊपर मैं एक आकाश-रॉकेट की तरह उड़ता हूं!"
Il y eut une minute ou deux de silence
एक-दो मिनट का मौन था

puis ils ont recommencé à se déplacer
और फिर वे फिर से आगे बढ़ने लगे

et Alice entendit de nouveau le Lapin parler
और एलिस ने खरगोश को फिर से बोलते हुए सुना

« Une brouette fera l'affaire, pour commencer »
"एक बैरोफुल करेगा, शुरू करने के लिए"

« Une brouette pleine de quoi ? » pensa Alice
"किस बात का एक बैरोफुल?" अलाइस ने सोचा

Mais elle ne fut pas tenue en suspens longtemps
लेकिन उन्हें लंबे समय तक सस्पेंस में नहीं रखा गया

Une pluie de petits cailloux est passée par la fenêtre
खिड़की से छोटे-छोटे कंकड़ों की बौछार आई

et quelques petits cailloux l'ont frappée au visage
और कुछ छोटे कंकड़ उसके चेहरे पर टकराए

Alice fut surprise par les petits cailloux
एलिस छोटे कंकड़ के बारे में आश्चर्यचकित था

Tous les petits cailloux se transformaient en gâteaux
सभी छोटे कंकड़ केक में बदल रहे थे

et une idée lumineuse lui vint à l'esprit
और एक उज्ज्वल विचार उसके सिर में आया

« Je devrais manger un de ces gâteaux »
"मुझे इनमें से एक केक खाना चाहिए"

« Le gâteau ne manquera pas de faire changer ma taille »

"केक मेरे आकार में कुछ बदलाव करने के लिए निश्चित है"

Alors elle a avalé l'un des gâteaux

इसलिए उसने केक में से एक को निगल लिया

et elle fut ravie de constater qu'elle commençait à rétrécir

और वह यह जानकर खुश थी कि वह सिकुड़ने लगी है

Bientôt, elle fut assez petite pour franchir la porte

जल्द ही वह दरवाजे के माध्यम से प्राप्त करने के लिए काफी छोटा था

Elle s'est enfuie de la maison

वह घर से बाहर भागी

Une foule de petits animaux et d'oiseaux attendaient dehors

नन्हें पशु-पक्षियों की भीड़ बाहर इंतजार कर रही थी

tous les petits oiseaux et les petits animaux se précipitèrent sur Alice

सभी छोटे पक्षी और जानवर ऐलिस पर दौड़े

Mais elle s'enfuit aussi vite qu'elle le put

लेकिन वह जितनी तेजी से भाग सकती थी उतनी तेजी से भाग गई

et bientôt elle se trouva en sécurité dans un bois épais

और जल्द ही उसने खुद को एक मोटी लकड़ी में सुरक्षित पाया

Alice errait dans les bois

ऐलिस जंगल में भटकती रही

Et elle pensa en elle-même :

और उसने मन ही मन सोचा:

« Je sais ce que je dois faire en premier »

"मुझे पता है कि मुझे पहले क्या करना है"

« Je dois d'abord grandir à ma bonne taille »

"पहले मुझे फिर से अपने सही आकार में बढ़ना होगा"

« et puis je dois trouver mon chemin dans ce joli jardin »

"और फिर मुझे उस प्यारे बगीचे में अपना रास्ता खोजना

होगा"

« Je suppose que je devrais manger ou boire quelque chose ou autre »

"मुझे लगता है कि मुझे कुछ या अन्य खाना या पीना चाहिए"

« Mais la question est de savoir ce que je dois manger ou boire ? »

"लेकिन सवाल यह है कि मुझे क्या खाना या पीना चाहिए?

Alice regarda tout autour d'elle les fleurs

एलिस ने अपने चारों ओर फूलों को देखा

et elle regarda à travers les brins d'herbe

और उसने घास के ब्लेड के माध्यम से देखा

mais elle ne voyait rien à manger ni à boire

लेकिन उसे खाने-पीने को कुछ दिखाई नहीं दे रहा था

Rien ne semblait être la bonne chose à manger ou à boire

खाने या पीने के लिए कुछ भी सही नहीं लग रहा था

Il y avait un gros champignon qui poussait près d'elle

उसके पास एक बड़ा मशरूम उग रहा था

le champignon était à peu près de la même taille qu'Alice

मशरूम ऐलिस के समान ऊंचाई के बारे में था

Elle s'étira sur la pointe des pieds

उसने खुद को टिप्पीटो पर फैलाया

Et elle jeta un coup d'œil par-dessus le bord du champignon

और उसने मशरूम के किनारे पर झांका

Ses yeux rencontrèrent immédiatement les yeux d'une grande chenille bleue

उसकी आँखें तुरंत एक बड़े नीले कैटरपिलर की आँखों से मिलीं

La chenille était assise sur le sommet du champignon

कैटरपिलर मशरूम के शीर्ष पर बैठा था

et la chenille avait croisé tous ses bras

और कैटरपिलर ने अपनी सभी बाहों को पार कर लिया था

et il fumait tranquillement un long narguilé

और वह चुपचाप एक लंबा हुक्का पी रहा था
et il ne faisait pas la moindre attention à rien
और उसने किसी भी चीज का जरा भी नोटिस नहीं लिया
et il n'a certainement pas fait attention à Alice
और उसने निश्चित रूप से ऐलिस पर ध्यान नहीं दिया

Les conseils d'une chenille
एक कैटरपिलर से सलाह

Finalement, la chenille a retiré le narguilé de sa bouche

अंत में कैटरपिलर ने हुक्का अपने मुंह से निकाल लिया

et il s'adressa à Alice d'une voix languissante et endormie

और उसने एलिस को एक सुस्त, नींद वाली आवाज में संबोधित किया

« Qui es-tu ? » demanda la chenille

"तुम कौन हो?" कैटरपिलर ने कहा

Alice a répondu, plutôt timidement : « Je sais à peine, monsieur. »

एलिस ने जवाब दिया, बल्कि शर्माते हुए, "मुझे शायद ही पता है, सर"

« Juste pour le moment, c'est un peu... »

"बस इस समय यह सब थोड़ा सा है ..."

« Je sais qui j'étais quand je me suis levé ce matin" »

"मुझे पता है कि मैं आज सुबह उठने पर कौन था"

« mais je pense que j'ai dû changer plusieurs fois depuis »

"लेकिन मुझे लगता है कि मैं तब से कई बार बदल गया होगा"

« Qu'est-ce que tu veux dire par là ? » dit la chenille

"इससे तुम्हारा क्या मतलब है?" कैटरपिलर ने कहा

sévèrement, la chenille lui demanda de s'expliquer

सख्ती से कैटरपिलर ने उसे खुद को समझाने के लिए कहा

— Je ne peux pas m'expliquer, j'en ai peur, monsieur, dit Alice

"मैं खुद को समझा नहीं सकता, मुझे डर है, सर," एलिस ने कहा

« parce que je ne suis pas moi-même »

"क्योंकि मैं खुद नहीं हूं"

« Vous voyez, être de tant de tailles différentes en une journée, c'est très déroutant »

"आप देखते हैं, एक दिन में इतने सारे अलग-अलग आकार होना बहुत भ्रमित करने वाला है"

Elle se redressa et dit très gravement :

उसने खुद को ऊपर खींच लिया और बहुत गंभीरता से कहा:

« Je pense que tu devrais me dire qui tu es, en premier »

"मुझे लगता है कि आपको मुझे बताना चाहिए कि आप कौन हैं, पहले"

« Pourquoi ? » demanda la chenille

"क्यों?" कैटरपिलर ने कहा

Alice ne voyait aucune bonne raison

ऐलिस किसी भी अच्छे कारण के बारे में नहीं सोच सकता था

et la chenille semblait être dans un état d'esprit très désagréable

और कैटरपिलर मन की एक बहुत ही अप्रिय स्थिति में लग रहा था

alors elle s'en retourna

इसलिए उसने मुंह फेर लिया

« Reviens ! » la chenille l'appela

"वापस आ जाओ!" कैटरपिलर ने उसके बाद बुलाया

« J'ai quelque chose d'important à dire ! »

"मुझे कुछ महत्वपूर्ण कहना है!"

Alice se retourna et revint

एलिस मुड़ी और फिर से वापस आ गई

« Garde ton sang-froid », dit la chenille

"अपना गुस्सा रखो," कैटरपिलर ने कहा

— C'est tout ? dit Alice

"बस इतना ही?" अलाइस ने कहा

Et elle ravala sa colère de son mieux

और उसने अपने गुस्से को निगल लिया जितना वह कर सकती थी

« Non, » dit la chenille

"नहीं," कैटरपिलर ने कहा

La chenille déplia ses bras

कैटरपिलर ने अपनी बाहों को खोल दिया

Et il retira le narguilé de sa bouche

और उसने फिर से अपने मुंह से हुक्का निकाल लिया

et il a dit : « Vous pensez donc que vous avez changé, n'est-ce pas ? »

और उसने कहा, "तो आपको लगता है कि आप बदल गए हैं, क्या आप?

— J'ai peur, je suis changée, monsieur, dit Alice

"मुझे डर है, मैं बदल गया हूँ, सर," एलिस ने कहा

« Je ne me souviens plus des choses comme je m'en souvenais »

"मैं चीजों को याद नहीं कर सकता क्योंकि मैं उन्हें याद करता था।

« et je ne reste pas plus de dix minutes de la même taille ! »

"और मैं दस मिनट से अधिक समय तक एक ही आकार में नहीं रहता!"

« Quelle taille veux-tu faire ? » demanda la chenille

"आप किस आकार का होना चाहते हैं?" कैटरपिलर ने पूछा

— Oh, ma taille ne me dérange pas particulièrement, répondit vivement Alice

"ओह, मुझे विशेष रूप से कोई फर्क नहीं पड़ता कि मैं किस आकार का हूं," एलिस ने जल्दबाजी में उत्तर दिया

« Je n'aime pas changer de taille si souvent, vous savez »

"मुझे इतनी बार आकार बदलना पसंद नहीं है, आप जानते हैं"

« J'aimerais être un peu plus grand, monsieur »

"मैं थोड़ा बड़ा होना चाहता हूं, सर"

— Si cela ne vous dérange pas, ajouta Alice

"अगर आप बुरा नहीं मानेंगे," ऐलिस ने कहा

« Dix centimètres, c'est une taille si misérable »

"दस सेंटीमीटर इतनी मनहूस ऊंचाई है"

« C'est une très bonne hauteur en effet ! » dit la chenille avec colère

"यह वास्तव में एक बहुत अच्छी ऊंचाई है!" कैटरपिलर ने गुस्से से कहा

et il se redressa tout en parlant

और बोलते-बोलते वह सीधा हो गया

Il mesurait exactement dix centimètres de haut

वह ठीक दस सेंटीमीटर ऊंचा था

Au bout d'une minute ou deux, la chenille s'est détachée du champignon

एक या दो मिनट में, कैटरपिलर मशरूम से नीचे उतर गया

et il s'enfonça en rampant dans l'herbe

और वह घास में रेंगता हुआ चला गया

En s'éloignant, il fit quelques petites remarques

जाते-जाते उन्होंने कुछ छोटी-छोटी बातें कीं

« Un côté vous fera grandir »

"एक तरफ आपको लंबा कर देगा"

« Et l'autre côté te fera rapetisser »

"और दूसरी तरफ आपको छोटा कर देगा"

« Un côté de quoi ? » pensa Alice en elle-même

"किस बात का एक पक्ष?" अलाइस ने मन ही मन सोचा

« L'autre côté de quoi ? »

"किस बात का दूसरा पक्ष?"

« Le côté du champignon », dit la chenille

"मशरूम का किनारा," कैटरपिलर ने कहा

C'était comme si elle avait posé sa question à haute voix

यह ऐसा था जैसे उसने अपना सवाल जोर से पूछा हो

et un instant plus tard, il fut hors de vue

और एक और पल में, वह दृष्टि से बाहर था

Alice resta pensivement à regarder le champignon

एलिस मशरूम को सोच-समझकर देखती रही

Elle essayait de distinguer quels étaient les deux côtés du champignon

वह यह पता लगाने की कोशिश कर रही थी कि मशरूम के दो पहलू कौन से हैं

Enfin, elle étendit ses bras autour du champignon

अंत में उसने मशरूम के चारों ओर अपनी बाहें फैलाईं

Et elle cassa un peu les bords

और उसने किनारों को थोड़ा तोड़ दिया

« Et maintenant, de quel côté est-ce ? » se dit-elle

"और अब, कौन सा पक्ष है?" उसने खुद से कहा

et elle grignota un peu du mors de la main droite

और उसने दाहिने हाथ के बिट को थोड़ा सा कुतर दिया

L'instant d'après, elle sentit un violent coup sous son menton

अगले ही पल उसे अपनी ठुड्डी के नीचे एक जोरदार झटका

महसूस हुआ

Son menton avait heurté son pied !

उसकी ठुड्डी उसके पैर से टकरा गई थी!

Elle fut bien effrayée par ce changement très soudain

वह इस अचानक बदलाव से काफी डर गई थी

Elle rétrécissait très rapidement

वह बहुत तेजी से सिकुड़ रही थी

Alors elle a rapidement mangé un peu de l'autre morceau de champignon

इसलिए उसने जल्दी से मशरूम के कुछ अन्य टुकड़े खा लिए

Son menton était très serré contre son pied

उसकी ठोड़ी उसके पैर के खिलाफ बहुत बारीकी से दबाई गई थी

Il y avait à peine de la place pour ouvrir la bouche

उसके मुंह को खोलने के लिए मुश्किल से जगह थी

mais elle parvint enfin à ouvrir la bouche

लेकिन उसने आखिरकार अपना मुंह खोलने का प्रबंधन किया

et elle avala un morceau du mors de la main gauche

और उसने बाएं हाथ का एक निवाला निगल लिया

« Ma tête a enfin été libérée ! » dit Alice

"मेरा सिर आखिरकार मुक्त हो गया है!" एलिस ने कहा

Elle baissa les yeux sur elle-même

उसने खुद को नीचे देखा

mais tout ce qu'elle pouvait voir, c'était une immense longueur de cou

लेकिन वह केवल गर्दन की एक विशाल लंबाई देख सकती थी

Son cou semblait se dresser comme une tige

उसकी गर्दन डंठल की तरह उठती हुई लग रही थी

et elle baissa les yeux sur une mer de feuilles vertes

और वह हरी पत्तियों के समुद्र पर नीचे देखा

« Où sont passées mes épaules ? »

"मेरे कंधे कहाँ तक पहुँच गए हैं?"

« Et oh, mes pauvres mains, comment se fait-il que je ne puisse pas vous voir ? »

"और ओह, मेरे गरीब हाथ, यह कैसे है कि मैं आपको नहीं देख सकता?"

Mais son cou avait un avantage

लेकिन उसकी गर्दन का एक फायदा था

Elle pouvait bouger la tête dans n'importe quelle direction

वह अपना सिर किसी भी दिशा में ले जा सकता था

En fait, elle était comme un serpent

वास्तव में, वह एक सर्प की तरह थी

Elle zigzague gracieusement, la tête baissée

उसने इनायत से अपना सिर नीचे कर लिया

et elle remua la tête à travers les arbres

और उसने अपना सिर पेड़ों के बीच से घुमाया

Mais elle entendit alors un sifflement aigu

लेकिन फिर उसने एक तेज फुफकार सुनी

Et elle tira rapidement la tête en arrière

और उसने जल्दी से अपना सिर पीछे खींच लिया

Un gros pigeon lui avait volé au visage

एक बड़ा कबूतर उसके चेहरे पर उड़ गया था

et le pigeon était violemment avec ses ailes

और कबूतर अपने पंखों के साथ हिंसक था

« Serpent ! » cria le pigeon

"सर्प!" कबूतर चिल्लाया

« Je ne suis pas un serpent ! » dit Alice avec indignation

"मैं एक नागिन नहीं हूँ!" अलाइस ने गुस्से में कहा

« Laisse-moi tranquille ! »

"मुझे अकेला छोड़ दो!"

« J'ai essayé les racines des arbres »

"मैंने पेड़ों की जड़ों की कोशिश की है"

— Et j'ai essayé des haies, continua le pigeon

"और मैंने हेजेज की कोशिश की है," कबूतर चला गया

« Mais ces serpents ! Il n'y a pas moyen de leur plaire ! »

"लेकिन वे सांप! उन्हें कोई प्रसन्न नहीं करता है!

Alice était de plus en plus perplexe

ऐलिस अधिक से अधिक हैरान थी

« Comme si ce n'était pas assez compliqué de faire éclore les œufs », a déclaré le pigeon

कबूतर ने कहा, "जैसे कि अंडे सेने में काफी परेशानी नहीं हुई

« Nuit et jour, je dois aussi faire attention aux serpents ! »
"रात और दिन मुझे सांपों की भी तलाश करनी चाहिए!"

« Je venais de trouver l'arbre le plus haut de la forêt »
"मुझे जंगल में सबसे ऊंचा पेड़ मिला था"

« Je serais sûrement libre des serpents ici ? »
"निश्चित रूप से मैं यहाँ नागों से मुक्त हो जाऊंगा?"

« Et un serpent sort du ciel ! »
"और आकाश से एक सांप निकलता है!"

« Mais je ne suis pas un serpent, je vous le dis ! » dit Alice
"लेकिन मैं एक नागिन नहीं हूँ, मैं आपको बताता हूँ!" अलाइस ने कहा

"Je suis un... Je suis un... Je suis une petite fille, ajouta-t-elle d'un air un peu dubitatif
"मैं एक हूँ ... मैं एक... मैं एक छोटी लड़की हूँ, "उसने संदेह से कहा

Après tout, elle avait traversé beaucoup de changements
आखिरकार, वह बहुत सारे बदलावों से गुजर रही थी

« Tu cherches des œufs », dit le pigeon
"आप अंडे की तलाश कर रहे हैं," कबूतर ने कहा

« Je le sais pertinemment »
"मुझे पता है कि एक तथ्य के लिए"

« Et qu'importe que vous soyez une petite fille ou un serpent ? »
"और इससे क्या फर्क पड़ता है कि आप एक छोटी लड़की या सर्प हैं?"

— Cela m'importe beaucoup, dit Alice à la hâte
"यह मेरे लिए एक अच्छा सौदा है," एलिस ने जल्दबाजी में कहा

« mais je ne cherche pas d'œufs, en l'occurrence »
"लेकिन मैं अंडे की तलाश नहीं कर रहा हूं, जैसा कि होता है"

« et je ne voudrais pas de tes œufs de toute façon »

"और मुझे वैसे भी आपके अंडे नहीं चाहिए"

« Je n'aime pas mes œufs crus »

"मुझे अपने अंडे कच्चे पसंद नहीं हैं"

« Eh bien, allez-vous-en ! » dit le pigeon d'un ton boudeur

"ठीक है, तो चले जाओ!" कबूतर ने उदास स्वर में कहा

et le pigeon se posa de nouveau dans son nid

और कबूतर फिर से अपने घोंसले में बैठ गया

Alice s'accroupit parmi les arbres du mieux qu'elle put

एलिस पेड़ों के बीच नीचे झुकी के रूप में अच्छी तरह के रूप में वह कर सकता है

Son cou ne cessait de s'emmêler parmi les branches

उसकी गर्दन शाखाओं के बीच उलझती चली गई

De temps en temps, elle devait s'arrêter et se tordre le cou

हर अब और फिर उसे रुकना पड़ा और उसकी गर्दन को खोलना पड़ा

Au bout d'un moment, elle se souvint du champignon

थोड़ी देर बाद उसे मशरूम की याद आई

Elle tenait toujours les morceaux de champignon dans ses mains

उसने अभी भी मशरूम के टुकड़े अपने हाथों में पकड़े हुए थे

et elle se mit à l'œuvre avec beaucoup de soin

और वह बहुत सावधानी से काम करने के लिए तैयार हो गई

D'abord, elle a grignoté un morceau

पहले उसने एक टुकड़े पर कुतरना शुरू कर दिया

puis elle grignota l'autre morceau

और फिर वह दूसरे टुकड़े पर कुतरने लगी

Parfois, elle grandissait

कभी-कभी वह लंबी हो जाती थी

et parfois elle devenait plus petite

और कभी-कभी वह छोटी हो जाती थी

Mais finalement, elle a atteint sa taille habituelle

लेकिन आखिरकार उसने अपनी सामान्य ऊंचाई हासिल कर ली

Elle n'avait pas été de sa taille depuis un certain temps

वह कुछ समय के लिए अपनी खुद की ऊंचाई नहीं थी

Tout m'a semblé étrange pendant un moment

तो थोड़ी देर के लिए सब कुछ अजीब लगा

« La prochaine chose à faire est d'entrer dans ce beau jardin »

"अगली बात यह है कि उस खूबसूरत बगीचे में जाना है"

« Comment cela se fera-t-il, je me demande ? »

"यह कैसे किया जाना है, मुझे आश्चर्य है?"

En disant cela, elle tomba sur un endroit ouvert

यह कहते हुए वह एक खुली जगह पर आ गई

Il y avait une petite maison, un peu plus haute qu'un mètre

एक छोटा सा घर था, एक मीटर से थोड़ा ऊंचा

« Je me demande qui habite cette petite maison »

"मुझे आश्चर्य है कि इस छोटे से घर में कौन रहता है"

« Je ne peux certainement pas y aller aussi grand que je le suis »

"मैं निश्चित रूप से उतना बड़ा नहीं जा सकता जितना मैं हूं"

« Je les effrayerais terriblement ! »

"मैं उन्हें बहुत डराऊंगा!"

alors elle grignota à nouveau le petit champignon

इसलिए उसने फिर से छोटे मशरूम को कुतर दिया

et bientôt elle s'abaissa de trente centimètres

और जल्द ही उसने खुद को तीस सेंटीमीटर नीचे लाया

Un cochon et du poivre

एक सुअर और कुछ काली मिर्च

Pendant une minute ou deux, elle resta à regarder la maison

एक-दो मिनट तक वह घर को देखती रही

Soudain, un valet de pied sortit en courant des bois

अचानक एक पादरी जंगल से भागता हुआ आया

Il portait un uniforme de livrée spécial

उसने स्पेशल लिबास की वर्दी पहन रखी थी

à en juger par son seul visage, elle l'aurait traité de poisson

केवल उसके चेहरे को देखते हुए, वह उसे मछली कहती,

et il frappa bruyamment à la porte avec ses jointures

और उसने अपने पोर से दरवाजे पर जोर से चिल्लाया

La porte fut ouverte par un autre valet de pied

दरवाजा एक अन्य पादरी ने खोला

Ce valet de pied portait également une livrée spéciale

इस फुटमैन ने भी एक खास लिबास पहना हुआ था

Ce valet de pied avait un visage rond et de grands yeux comme une grenouille

इस फुटमैन का गोल चेहरा और मेंढक की तरह बड़ी-बड़ी आंखें थीं

C'est le valet de pied qui ressemblait à un poisson qui a initié la cérémonie

मछली की तरह दिखने वाले फुटमैन ने समारोह की शुरुआत की

Il sortit quelque chose de sous son bras

उसने अपनी बांह के नीचे से कुछ निकाला

et il tira de dessous son bras une enveloppe

और उसने अपनी बांह के नीचे से एक लिफाफा निकाला

et cette enveloppe, il la remit à l'autre valet de pied

और यह लिफाफा उसने दूसरे पादरी को सौंप दिया

D'un ton cérémoniel, il lui donna les ordres

एक औपचारिक स्वर में उसने उसे आदेश बताया

« Ce message s'adresse à la duchesse »

"यह संदेश डचेस के लिए है"

« Une invitation de la reine à jouer au croquet »

"क्रोकेट खेलने के लिए रानी से एक निमंत्रण"

Le valet de pied qui ressemblait à une grenouille répéta l'ordre

मेंढक की तरह दिखने वाले पादरी ने आदेश दोहराया

« De la reine »

"रानी से"

« Une invitation »

"एक निमंत्रण"

« pour la duchesse »

"डचेस के लिए"

« Jouer au croquet »

"क्रोकेट बजाना"

Puis ils s'inclinèrent tous les deux

फिर वे दोनों झुक गए

et les boucles de leurs perruques s'emmêlèrent

और उनके विग में कर्ल एक साथ उलझ गए

Bientôt, le valet de pied qui ressemblait à un poisson a disparu

जल्द ही मछली की तरह दिखने वाला फुटमैन चला गया

Mais le valet de pied qui ressemblait à une grenouille était toujours là

लेकिन मेंढक की तरह दिखने वाला पादरी अभी भी वहीं था

Il était assis par terre près de la porte

वह दरवाजे के पास जमीन पर बैठा था

Il regardait bêtement le ciel

वह मूर्खतापूर्ण ढंग से आकाश में घूर रहा था

Alice s'approcha timidement de la porte et frappa

एलिस डरते-डरते दरवाजे तक गई और दस्तक दी

— Il ne sert à rien de frapper, dit le valet de pied

"खटखटाने का कोई फायदा नहीं है," पादरी ने कहा

« Et ce, pour deux raisons »

"और यह दो कारणों से है"

« D'abord, parce que je suis du même côté de la porte que toi »

"सबसे पहले, क्योंकि मैं दरवाजे के उसी तरफ हूं जैसे आप हैं"

« Deuxièmement, parce qu'ils font tellement de bruit à l'intérieur »

"दूसरी बात, क्योंकि वे अंदर इतना शोर कर रहे हैं"

« Personne ne pouvait vous entendre »

"कोई भी संभवतः आपको नहीं सुन सकता है"

Et il y avait certainement un bruit des plus extraordinaires à l'intérieur

और निश्चित रूप से भीतर एक सबसे असाधारण शोर चल रहा था

des hurlements et des éternuements constants

लगातार चीखना और छींकना

et de temps en temps un bruit de grand fracas

और हर अब और फिर महान दुर्घटनाग्रस्त होने की आवाज

comme si un plat ou une bouilloire avait été brisé en morceaux

जैसे कि एक डिश या केतली को टुकड़ों में तोड़ दिया गया हो

« Comment vais-je entrer ? » demanda Alice

"मैं अंदर कैसे जाऊं?" अलाइस ने पूछा

— Faut-il que tu entres ? dit le valet de pied

"क्या आपको बिल्कुल भी अंदर जाना चाहिए?" पादरी ने कहा

« C'est la première question, vous savez »

"यह पहला सवाल है, आप जानते हैं"

Alice ouvrit la porte et entra

अलाइस ने दरवाजा खोला और अंदर चली गई

La porte menait directement à une grande cuisine

दरवाजा सीधे एक बड़ी रसोई में ले जाता था

La cuisine était pleine de fumée d'un bout à l'autre

रसोई एक छोर से दूसरे छोर तक धुएं से भरी हुई थी

au milieu de la cuisine se trouvait la duchesse

रसोई के बीच में डचेस था

Elle était assise sur un tabouret à trois pieds

वह तीन टांगों वाले स्टूल पर बैठी थी

et elle allaitait un bébé

और वह एक बच्चे को दूध पिला रही थी

Le cuisinier était penché au-dessus du feu

रसोइया आग पर झुक रहा था

Il remuait un grand chaudron

वह एक बड़े कैल्ड्रॉन को हिला रहा था

et le chaudron semblait être plein de soupe

और कैलड्रॉन सूप से भरा हुआ लग रहा था

« Il y a certainement trop de poivre dans cette soupe ! » Alice se dit

"उस सूप में निश्चित रूप से बहुत अधिक काली मिर्च है!" "

अलाइस ने खुद से कहा

Elle l'a dit du mieux qu'elle a pu sans éternuer

उसने कहा कि यह सबसे अच्छा वह छींकने के बिना कर सकती थी

Même la duchesse éternuait de temps en temps

यहां तक कि डचेस भी कभी-कभी छींकते थे

Mais les actions du bébé étaient les plus remarquables

लेकिन बच्चे की हरकतें सबसे उल्लेखनीय थीं

Le bébé éternuait et hurlait alternativement

बच्चा बारी-बारी से छींक रहा था और चिल्ला रहा था

Il n'y avait pas un instant de pause entre les hurlements et les éternuements

चीखने और छींकने के बीच एक पल का ठहराव नहीं था

Il y avait deux créatures dans la cuisine qui n'éternuaient pas

रसोई में दो जीव थे जो छींकते नहीं थे

Le cuisinier était trop occupé pour éternuer

रसोइया छींकने में बहुत व्यस्त था

et le gros chat ne semblait pas se soucier du poivre

और बड़ी बिल्ली को काली मिर्च से कोई फर्क नहीं पड़ता था

Au lieu de cela, le gros chat souriait d'une oreille à l'autre

इसके बजाय, बड़ी बिल्ली कान से कान तक मुस्कुरा रही थी

— Pourriez-vous me le dire, s'il vous plaît, dit Alice un peu timidement

"कृपया आप मुझे बताएंगे," अलाइस ने कहा, थोड़ा डरपोक

« Pourquoi ton chat sourit-il comme ça ? »

"आपकी बिल्ली इस तरह क्यों मुस्कुरा रही है?

« C'est un Cheshire-Cat, » dit la duchesse

"यह एक चेशायर-बिल्ली है," डचेस ने कहा

« Et c'est pourquoi il sourit d'une oreille à l'autre »

"और इसीलिए वह कान से कान तक मुस्कुरा रहा है"

« Je ne savais pas qu'un Cheshire-Cat souriait toujours »

"मुझे नहीं पता था कि एक चेशायर-कैट हमेशा मुस्कुराती है"

« En fait, je ne savais pas que les chats pouvaient sourire », a déclaré Alice

"वास्तव में, मुझे नहीं पता था कि बिल्लियाँ मुस्कुरा सकती हैं," एलिस ने कहा

— Il y a beaucoup de choses que vous ne savez pas, dit la duchesse

"बहुत कुछ है जो आप नहीं जानते हैं," डचेस ने कहा

« Il y a beaucoup de choses que vous ne savez pas et c'est un fait »

"ऐसा बहुत कुछ है जो आप नहीं जानते हैं, और यह एक तथ्य है"

Juste à ce moment-là, le cuisinier retira le chaudron de soupe du feu

तभी रसोइये ने सूप के कैलड्रॉन को आग से उतार लिया

et aussitôt, elle commença à jeter tout ce qui était à sa portée

और एक बार में उसने सब कुछ अपनी पहुंच के भीतर फेंकना शुरू कर दिया

elle jeta tout ce qu'elle put sur la duchesse et le bébé

उसने डचेस और बेब पर वह सब कुछ फेंक दिया जो वह कर सकती थी

D'abord, elle jeta les fers à feu

पहले उसने फायर-आयरन फेंका

Puis elle a jeté une poignée de casseroles

फिर उसने मुट्ठी भर सॉस पैन फेंक दिया

et enfin elle jeta les assiettes et les plats

और अंत में उसने प्लेटें और बर्तन फेंक दिए

La duchesse ne fit pas attention à elle

डचेस ने उस पर कोई ध्यान नहीं दिया

Même lorsqu'elle a été frappée par une assiette, elle ne s'est pas inquiétée

यहां तक कि जब वह एक प्लेट से मारा गया था तो उसने
चिंता नहीं की

Le bébé hurlait déjà tellement

बच्चा पहले से ही बहुत चिल्ला रहा था

Il était donc impossible de dire si les coups blessaient le
bébé ou non

इसलिए यह कहना असंभव था कि वार ने बच्चे को चोट
पहुंचाई या नहीं

« Oh, je vous en prie, faites attention à ce que vous faites ! »
s'écria Alice

"ओह, कृपया ध्यान दें कि आप क्या कर रहे हैं!" अलाइस
रोया

et elle sautait de haut en bas dans une agonie de terreur

और वह आतंक की पीड़ा में ऊपर और नीचे कूद गई

la duchesse offrit le bébé à Alice

डचेस ने ऐलिस को बच्चे की पेशकश की

« Ici ! Tu peux allaiter un peu le bébé, si tu veux !

"यहाँ! आप चाहें तो बच्चे को थोड़ा दूध पिला सकते हैं!"

et elle lui lança l'enfant tout en parlant

और बोलते हुए उसने बच्चे को उसकी ओर उछाल दिया

« Je dois aller me préparer à jouer au croquet avec la reine »

"मुझे जाना चाहिए और रानी के साथ क्रोकेट खेलने के लिए
तैयार होना चाहिए"

et elle se hâta de sortir de la chambre

और वह जल्दी से कमरे से बाहर निकल गई

Alice attrapa le bébé avec quelque difficulté

एलिस ने बच्चे को कुछ कठिनाई से पकड़ा

parce que c'était une petite créature de forme très étrange

क्योंकि यह एक बहुत ही अजीब आकार का छोटा प्राणी था

et l'enfant tendit les bras et les jambes dans toutes les
directions

और बच्चे ने अपने हाथ और पैर सभी दिशाओं में फैला दिए

« Je ferais mieux d'emmener cet enfant avec moi », pensa Alice

"बेहतर होगा कि मैं इस बच्चे को अपने साथ ले जाऊं," एलिस ने सोचा

« Ils sont sûrs de tuer ce bébé dans un jour ou deux »

"वे एक या दो दिन में इस बच्चे को मारने के लिए निश्चित हैं"

« Ne serait-ce pas un meurtre de laisser ce bébé derrière soi ? »

"क्या इस बच्चे को पीछे छोड़ना हत्या नहीं होगी?"

Elle prononça les derniers mots à haute voix

उसने आखिरी शब्द जोर से कहे

Et la petite créature grogna en réponse

और छोटी सी बात जवाब में बड़बड़ाई

« Tu ferais mieux de ne pas te transformer en cochon, ma chère, » dit Alice

"आप सबसे अच्छा एक सुअर में नहीं बदल जाते हैं, मेरे प्रिय," एलिस ने कहा

« ou alors je n'aurai plus rien à faire avec toi »

"वरना मुझे तुमसे और कुछ नहीं लेना होगा"

Alice commençait à peine à penser en elle-même :

ऐलिस सिर्फ खुद को सोचने लगी थी:

« Maintenant, que vais-je faire de cette créature, quand je la ramène à la maison ? »

"अब, मैं इस प्राणी के साथ क्या करूँ, जब मैं इसे घर ले जाऊँ?"

Mais alors la petite créature grogna un peu violemment

लेकिन फिर छोटे प्राणी ने थोड़ा हिंसक रूप से घुरघुराया

et Alice baissa les yeux sur son visage avec une certaine inquiétude

और अलाइस ने कुछ अलार्म में उसके चेहरे को देखा

Cette fois, il ne pouvait y avoir d'erreur à ce sujet

इस बार इसमें कोई गलती नहीं हो सकती

Ce n'était ni plus ni moins qu'un cochon

यह न तो सुअर से ज्यादा था और न ही कम

alors elle déposa la petite créature

इसलिए उसने छोटे जीव को नीचे रख दिया

et la petite créature s'éloigna tranquillement dans le bois

और छोटा प्राणी चुपचाप जंगल में चला गया

Alice se sentit tout à fait soulagée de voir la créature partir

प्राणी को जाते हुए देखकर ऐलिस को काफी राहत महसूस हुई

Alice fut un peu surprise en voyant le Chat-Cheshire

चेशायर-कैट को देखकर एलिस थोड़ा चौंक गई

Il était assis sur une branche d'arbre à quelques mètres de là

यह कुछ गज की दूरी पर एक पेड़ की टहनी पर बैठा था

Le chat ne sourit que lorsqu'il la vit

बिल्ली उसे देखते ही मुस्करा दी

« Chat du Cheshire », commença Alice un peu timidement

"चेशायर-बिल्ली," अलाइस ने शुरू किया, बल्कि डरपोक

« Pourriez-vous s'il vous plaît me dire dans quelle direction
je dois aller à partir d'ici ? »

"क्या आप कृपया मुझे बताएंगे कि मुझे यहाँ से किस रास्ते से
जाना चाहिए?

« Dans cette direction », dit le chat

"उस दिशा में," बिल्ली ने कहा

et il agita la patte droite

और इसने दाहिना पंजा इधर-उधर लहराया

« C'est dans cette direction que vit un fabricant de
chapeaux »

"उस दिशा में टोपी का एक निर्माता रहता है"

puis le chat agita son autre patte

और फिर बिल्ली ने अपना दूसरा पंजा लहराया

« Et dans cette direction vit un lièvre de marche »

"और उस दिशा में एक मार्च खरगोश रहता है"

« Visitez l'un ou l'autre de vos goûts ; Ils sont tous les deux fous"

"या तो आप की तरह पर जाएँ; वे दोनों पागल हैं "

— Mais je ne veux pas aller parmi des fous, remarqua Alice

"लेकिन मैं पागल लोगों के बीच नहीं जाना चाहता," एलिस ने टिप्पणी की

« Oh, tu ne peux pas t'en empêcher, » dit le Chat

"ओह, आप इसकी मदद नहीं कर सकते," बिल्ली ने कहा

« Nous sommes tous fous ici »

"हम सब यहाँ पागल हैं"

« Tu joues au croquet avec la reine aujourd'hui ? »

"क्या आप आज रानी के साथ क्रोकेट खेल रहे हैं?"

— J'aimerais beaucoup, dit Alice

"मैं बहुत पसंद करूंगा," एलिस ने कहा

« mais je n'ai pas encore été invité »

"लेकिन मुझे अभी तक आमंत्रित नहीं किया गया है"

« Tu me verras là-bas », dit le Chat

"तुम मुझे वहाँ देखोगे," बिल्ली ने कहा

et d'un instant à l'autre le chat disparaissait

और एक पल से अगले पल तक बिल्ली गायब हो गई

bientôt Alice arriva en vue de la maison du lièvre de marche

जल्द ही ऐलिस को मार्च हरे के घर की दृष्टि मिली

C'était une très grande maison

यह एक बहुत बड़ा घर था

alors Alice ne voulait pas s'approcher de la maison

इसलिए ऐलिस घर के पास नहीं जाना चाहती थी

D'abord, elle a dû grignoter un peu plus du morceau de champignon du côté gauche

पहले उसे मशरूम के बाईं ओर के बिट में से कुछ और
कुतरना पड़ा

Un thé fou
एक पागल चाय-पार्टी

Devant la maison, il y avait un arbre
घर के सामने एक पेड़ था

et sous l'arbre, il y avait une table
और पेड़ के नीचे एक मेज थी

et la table était dressée avec toutes sortes de couverts
और टेबल को सभी प्रकार के कटलरी के साथ सेट किया गया
था

Le lièvre de mars et le chapelier étaient à table
मार्च हरे और टोपी निर्माता मेज पर थे

et ensemble ils prenaient le thé
और साथ में चाय पी रहे थे

Un loir était assis entre eux
उनके बीच एक डोरमाउस बैठा था

et le loir dormait profondément
और डोरमाउस गहरी नींद में सो रहा था

La table était d'une taille extraordinaire
टेबल असाधारण आकार की थी

mais la majeure partie de la table était inoccupée
लेकिन मेज का अधिकांश हिस्सा खाली था

**Ils étaient assis serrés les uns contre les autres dans un coin
de la table**
वे मेज के एक कोने में एक साथ बैठे थे

et pourtant ils s'excusaient quand ils voyaient Alice

और फिर भी उन्होंने ऐलिस को देखते ही बहाने बना दिए

« Pas de place ! Pas de place ! » crièrent-ils

"कोई कमरा नहीं! कोई कमरा नहीं!" वे चिल्लाए

« Il y a beaucoup de place ! » dit Alice avec indignation

"बहुत जगह है!" अलाइस ने गुस्से में कहा

À l'une des extrémités de la table, il y avait un grand fauteuil

मेज के एक छोर पर एक बड़ी आर्म-चेयर थी

et Alice s'assit dans le fauteuil

और एलिस खुद कुर्सी पर बैठ गई

Le chapelier ouvrit de grands yeux

टोपी बनाने वाले ने अपनी आँखें बहुत चौड़ी खोलीं

Il n'arrivait pas à croire ce qu'il voyait

वह विश्वास नहीं कर सकता था कि वह क्या देख रहा था

Mais son esprit était curieux d'autres choses

लेकिन उसका मन अन्य चीजों के बारे में उत्सुक था

« Pourquoi un corbeau est-il comme un bureau ? »

"एक रैवेन एक लेखन-डेस्क की तरह क्यों है?"

Alice était prête à relever le défi

ऐलिस चुनौती के लिए खुला था

« Je suis content qu'ils aient commencé à poser des énigmes »

"मुझे खुशी है कि उन्होंने पहेलियों से पूछना शुरू कर दिया है"

— Je crois que je peux le deviner, ajouta-t-elle à haute voix

"मुझे विश्वास है कि मैं अनुमान लगा सकता हूं," उसने जोर से जोड़ा

Le lièvre de mars s'est curieux de connaître Alice

मार्च खरगोश ऐलिस के बारे में उत्सुक हो गया

« Pensez-vous vraiment que vous pouvez trouver la réponse ? »

"क्या आपको सच में लगता है कि आप जवाब पा सकते हैं?

— Je crois que je peux trouver la réponse, en effet, dit Alice

"मुझे लगता है कि मुझे वास्तव में जवाब मिल सकता है," एलिस ने कहा

« Alors, tu devrais dire ce que tu veux dire », continua le lièvre de marche

"तो फिर आपको कहना चाहिए कि आपका क्या मतलब है," मार्च हरे चला गया

— Je dis ce que je pense, répondit vivement Alice

"मैं कहता हूं कि मेरा क्या मतलब है," एलिस ने जल्दबाजी में जवाब दिया

« à tout le moins, je pense ce que je dis »

"कम से कम मेरा मतलब है कि मैं क्या कहता हूं"

« C'est la même chose, vous savez »

"यह वही बात है, आप जानते हैं"

Le loir a également contribué à la conversation

डोरमाउस ने भी बातचीत में योगदान दिया

mais le loir semblait parler dans son sommeil

लेकिन डोरमाउस अपनी नींद में बात कर रहा था

« Je respire quand je dors »

"जब मैं सोता हूं तो मैं सांस लेता हूं"

« Je dors quand je respire ! »

"जब मैं सांस लेता हूं तो मैं सोता हूं!"

« Autant dire qu'ils sont les mêmes aussi »

"आप यह भी कह सकते हैं कि वे भी वही हैं"

« C'est la même chose pour toi », dit le chapelier

"आपके साथ भी ऐसा ही है," टोपी बनाने वाले ने कहा

Et il versa un peu de thé sur le nez du loir

और उसने डोरमाउस की नाक पर थोड़ी सी चाय डाली

Le Loir secoua la tête avec impatience

डोरमाउस ने अधीरता से अपना सिर हिला दिया

et le loir parla de nouveau, sans ouvrir les yeux

और फिर से डोरमाउस ने अपनी आँखें खोले बिना बात की
« Bien sûr, bien sûr que c'est la même chose »
"बेशक, निश्चित रूप से यह वही है"
« C'est juste ce que j'allais dire moi-même »
"बस यही मैं खुद कहने जा रहा था"

Le chapelier se tourna vers Alice et lui posa une autre
question
टोपी निर्माता ऐलिस की ओर मुड़ा और एक और सवाल पूछा
« As-tu déjà deviné l'énigme ? »
"क्या आपने अभी तक पहेली का अनुमान लगाया है?"
« Non, j'abandonne », a concédé Alice
"नहीं, मैं हार मानता हूं," ऐलिस ने स्वीकार किया
« Quelle est la réponse ? » voulait-elle savoir
"जवाब क्या है?" उसने जानना चाहा
— Je n'en ai pas la moindre idée, dit le chapelier

"मुझे जरा भी अंदाजा नहीं है," टोपी बनाने वाले ने कहा

« Moi non plus, » dit le lièvre de marche

"न ही मुझे पता है," मार्च खरगोश ने कहा

Alice poussa un soupir de lassitude

अलाइस ने एक थकी हुई आह भरी

« Il y a de meilleures utilisations du temps que des énigmes sans réponses »

"बिना जवाब के पहेलियों की तुलना में समय का बेहतर उपयोग होता है"

« Prends encore du thé », dit le lièvre de marche à Alice, très sérieusement

"कुछ और चाय लो," मार्च खरगोश ने एलिस से कहा, बहुत ईमानदारी से

Alice était assez offensée par l'offre

ऐलिस प्रस्ताव से काफी नाराज थी

— Je n'ai pas encore pris de thé, répondit Alice

"मैंने अभी तक चाय नहीं पी है," अलाइस ने जवाब दिया

« donc je ne peux plus prendre de thé »

"इसलिए मैं और चाय नहीं पी सकता"

— Vous voulez dire que vous ne pouvez pas prendre moins de thé, dit le chapelier

"तुम्हारा मतलब है कि तुम कम चाय नहीं पी सकते," टोपी बनाने वाले ने कहा

« C'est très facile de prendre plus que rien »

"कुछ भी नहीं से अधिक लेना बहुत आसान है"

À ces mots, Alice se leva et s'en alla

इस पर, एलिस उठी और चली गई

Le loir s'endormit instantanément

डोरमाउस तुरंत सो गया

et ni l'un ni l'autre ne firent la moindre attention à son départ

और दूसरों में से किसी ने भी उसके जाने की कम से कम सूचना नहीं ली

bien qu'elle ait regardé en arrière une ou deux fois

हालांकि उसने एक-दो बार पीछे मुड़कर देखा

Ils essayaient de mettre le loir dans la théière

वे डोरमाउस को चाय-पॉट में डालने की कोशिश कर रहे थे

« En tout cas, je n'y retournerai plus ! » dit Alice

"किसी भी दर पर, मैं फिर कभी वहां नहीं जाऊंगा!" एलिस ने कहा

et elle se fraya un chemin à travers les bois

और वह जंगल के माध्यम से अपना रास्ता चला गया

« c'était le thé le plus stupide auquel j'aie jamais assisté »

"यह सबसे बेवकूफ चाय-पार्टी थी जो मैंने कभी की है"

Juste au moment où elle disait cela, elle remarqua quelque chose

जैसे ही उसने यह कहा, उसने कुछ देखा

L'un des arbres avait une porte qui y menait directement

पेड़ों में से एक में एक दरवाजा था जो सीधे अंदर जाता था

« C'est très intéressant ! » a-t-elle pensé

"यह बहुत दिलचस्प है!" उसने सोचा

« Je pense que je peux aussi bien passer la porte »

"मुझे लगता है कि मैं दरवाजे के माध्यम से भी जा सकता हूं"

Et elle passa par la porte

और दरवाजे के माध्यम से वह चला गया

Une fois de plus, elle se retrouva dans le long couloir

एक बार फिर उसने खुद को लंबे हॉल में पाया

de nouveau, elle était près de la petite table de verre

फिर से वह छोटी कांच की मेज के करीब थी

Elle prit la petite clé d'or

उसने छोटी सुनहरी चाबी ली

et elle ouvrit la porte qui donnait sur le jardin

और उसने उस दरवाजे को खोल दिया जो बगीचे में जाता था

Puis elle s'est mise au travail pour grignoter le champignon

फिर वह मशरूम पर कुतरने का काम करने के लिए तैयार हो गई

Elle avait gardé un morceau du champignon dans sa poche

उसने मशरूम का एक टुकड़ा अपनी जेब में रखा था

Et finalement, elle mesurait environ un mètre

और अंत में वह लगभग एक मीटर लंबी थी

Puis elle descendit le petit couloir

फिर वह छोटे गलियारे से नीचे चली गई

Et puis elle s'est finalement retrouvée dans le magnifique jardin

और फिर उसने आखिरकार खुद को सुंदर बगीचे में पाया

et elle était parmi les fleurs brillantes et les fontaines fraîches

और वह चमकीले फूल और ठंडे फव्वारे के बीच थी

Le terrain de croquet de la reine
रानी का क्रोकेट ग्राउंड

Un grand rosier se dressait près de l'entrée du jardin

बगीचे के प्रवेश द्वार के पास एक बड़ा गुलाब का पेड़ खड़ा था

Les roses qui poussaient sur l'arbre étaient blanches

पेड़ पर उगने वाले गुलाब सफेद थे

Mais il y avait trois jardiniers qui peignaient la rose

लेकिन गुलाब को पेंट करने वाले तीन माली थे

Ils étaient occupés à peindre les roses en rouge

वे व्यस्त रूप से गुलाबों को लाल रंग से रंग रहे थे

et Alice les regardait peindre les roses en rouge

और एलिस उन्हें गुलाब लाल रंग में रंगते हुए देख रही थी

et soudain leurs yeux tombèrent par hasard sur Alice

और अचानक उनकी आँखें ऐलिस पर पड़ने का मौका

Alice parlait un peu timidement

" अलाइस थोड़ा डरपोक होकर बोली

« Pourriez-vous me le dire, s'il vous plaît ? »

"क्या आप मुझे बताएंगे, कृपया;"

« Pourquoi peignez-vous tous ces roses ? »

"आप सभी उन गुलाबों को क्यों चित्रित कर रहे हैं?

cinq et sept ne dirent rien, mais regardèrent deux

पांच और सात ने कुछ नहीं कहा, लेकिन दो को देखा

deux d'entre eux parlèrent à voix basse

दो बोले, धीमी आवाज में

— Eh bien, le fait est, voyez-vous, madame.

"क्यों, तथ्य यह है, आप देखते हैं, महोदया"

« Celui-ci aurait dû être un rosier rouge »

"यह यहाँ एक लाल गुलाब का पेड़ होना चाहिए था"

« Et nous avons mis un rosier blanc par erreur »

"और हमने गलती से एक सफेद गुलाब का पेड़ डाल दिया"

« Comme vous en conviendrez, la reine ne doit pas le

découvrir »

"जैसा कि आप सहमत होंगे, रानी को पता नहीं लगाना चाहिए"

« Sinon, nous aurions tous la tête tranchée »

"वरना हम सब के सिर काट दिए जाते"

« Alors vous voyez, madame, nous faisons de notre mieux »

"तो आप देखते हैं, मैडम, हम अपनी पूरी कोशिश कर रहे हैं"

La cinquième carte avait regardé anxieusement à travers le jardin

कार्ड फाइव उत्सुकता से बगीचे में देख रहा था

À ce moment, la cinquième carte cria : « La dame ! La reine !

इतने में पाँच ने पुकारा, "रानी! रानी!"

Et les trois jardiniers s'enfuirent aussitôt

और तीनों माली तुरंत भाग गए

et ils se jetèrent à plat ventre

और उन्होंने अपने आप को अपने चेहरे पर सपाट फेंक दिया

Il y eut un bruit de nombreux pas

कई कदमों की आवाज आ रही थी

Alice regarda autour d'elle, impatiente de voir la reine

एलिस ने चारों ओर देखा, रानी को देखने के लिए उत्सुक थी

Au début de la procession se trouvaient dix soldats

जुलूस की शुरुआत में दस सैनिक थे

leurs mains et leurs pieds étaient dans les coins

उनके हाथ-पैर कोनों में थे

et dans leurs mains et leurs pieds étaient des massues

और उनके हाथों और पैरों में क्लब थे

Venaient ensuite les dix courtisans

इसके बाद दस दरबारी आए

Les courtisans étaient partout ornés de diamants

दरबारियों को चारों ओर हीरों से अलंकृत किया गया था

Après les courtisans sont venus les enfants royaux

दरबारियों के आने के बाद शाही बच्चे आए

Il y avait dix enfants royaux

शाही बच्चों में से दस थे

et tous les enfants royaux étaient ornés de cœurs

और सभी शाही बच्चे दिलों से अलंकृत थे

Venaient ensuite les invités ; principalement des rois et des reines

इसके बाद मेहमान आए; ज्यादातर राजा और रानी

et parmi les rois et la reine, Alice vit quelqu'un

और राजाओं और रानी के बीच एलिस ने किसी को देखा

Elle revit le lapin blanc qu'elle avait chassé

उसने फिर से उस सफेद खरगोश को देखा जिसका उसने पीछा किया था

Le cortège était suivi par le valet de cœur

बारात के पीछे-पीछे दिलों की नोक बज रही थी

Il portait la couronne du roi

वह राजा का मुकुट ले जा रहा था

et la couronne du roi était sur un coussin de velours cramoisi

और राजा का मुकुट लाल रंग के मखमल के कुशन पर था

Et puis vint la fin de ce grand cortège

और फिर इस भव्य जुलूस का अंत हुआ

Et là, à la fin, il y avait le Roi et la Reine de Cœur

और अंत में दिलों के राजा और रानी थे

le cortège arriva en face d'Alice

जुलूस ऐलिस के सामने आया

et ils s'arrêtèrent tous et la regardèrent

और वे सब रुक गए और उसे देखा

et la reine dit sévèrement : « Qui est-ce ? »

और रानी ने कठोर स्वर में कहा, "यह कौन है?"

Elle l'a dit au Valet de Cœur

उसने दिल की गुच्छा से कहा

Mais il s'est contenté de s'incliner et de sourire en réponse

लेकिन वह जवाब में सिर्फ झुके और मुस्कुराए

Alice parla très poliment

" अलाइस ने बहुत विनम्रता से बात की

« Je m'appelle Alice, alors faites plaisir à Votre Majesté »

"मेरा नाम ऐलिस है, इसलिए कृपया महामहिम"

Mais elle avait d'autres pensées pour elle-même

लेकिन उसके मन में कुछ और ही विचार थे

« Ce n'est qu'un jeu de cartes, après tout ! »

"वे केवल ताश के पत्तों का एक पैकेट हैं, आखिरकार!"

« Savez-vous jouer au croquet ? » cria la reine

"क्या आप क्रोकेट खेल सकते हैं?" रानी चिल्लाई

La question était évidemment destinée à Alice

सवाल स्पष्ट रूप से ऐलिस के लिए था

— Oui ! dit Alice d'une voix forte

"हाँ!" अलाइस ने जोर से कहा

« Venez jouer alors ! » rugit la reine

"आओ तो खेलो!" रानी गरजी

une voix timide s'adressa à Alice

एक डरपोक आवाज ने एलिस से बात की

« C'est une très belle journée ! »

"यह एक बहुत अच्छा दिन है!"

Elle se promenait près du lapin blanc

वह सफेद खरगोश के पास से गुजर रही थी

et le Lapin Blanc jetait un coup d'œil anxieux sur son visage

और सफेद खरगोश उत्सुकता से उसके चेहरे में झांक रहा था

« Une très belle journée, en effet, confirma Alice

"वास्तव में एक बहुत अच्छा दिन," एलिस ने पुष्टि की

« Où est la duchesse ? »

"डचेस कहाँ है?"

« Chut ! Chut ! dit le Lapin

"हश! चुप रहो!" खरगोश ने कहा

« Elle est sous le coup d'une sentence d'exécution »

"वह फांसी की सजा के तहत है"

« Pourquoi est-elle exécutée ? » demanda Alice

"उसे किस लिए मार डाला जा रहा है?" एलिस ने पूछा

« Elle a éraflé les oreilles de la reine », commença le lapin

"उसने रानी के कान खंगाले," खरगोश ने शुरू किया

cria la reine d'une voix de tonnerre

रानी गरज की आवाज में चिल्लाई

« Retournez à vos endroits ! »

"अपनी जगह पर जाओ!"

et les gens se mirent à courir dans toutes les directions

और लोग चारों दिशाओं में इधर-उधर भागने लगे

et ils tombèrent tous les uns contre les autres

और वे सब एक दूसरे से टकरा गए

Cependant, ils se sont calmés en une minute ou deux

हालांकि, वे एक या दो मिनट में शांत हो गए

Et puis le jeu a commencé

और फिर खेल शुरू हुआ

Alice n'avait jamais vu un terrain de croquet aussi curieux

ऐलिस ने ऐसा जिज्ञासु क्रोकेट ग्राउंड कभी नहीं देखा था

L'herbe n'était que crêtes et sillons

घास सभी लकीरें और खांचे थे

Les boules de croquet étaient de vrais hérissons

क्रोकेट गेंदें असली हेजहोग थीं

Et les maillets étaient de vrais flamants roses

और मैलेट असली राजहंस थे

et les soldats se tinrent sur leurs mains et leurs pieds

और सैनिक अपने हाथ-पैरों पर खड़े हो गए

Parce que les arches ont été faites à partir de leurs corps

क्योंकि गेहराब उनके शरीर से बनाया गया था

Les joueurs ont tous joué en même temps

सभी खिलाड़ी एक साथ खेले

Personne n'attendait son tour

किसी ने अपनी बारी का इंतजार नहीं किया

et tout le monde se querellait avec tout le monde

और सभी ने सभी के साथ झगड़ा किया

et tous se battaient pour les hérissons

और सभी हेजहोग के लिए लड़ रहे थे

Bientôt, la reine fut dans une colère furieuse

जल्द ही रानी एक उग्र जुनून में थी

et elle s'est mise à piétiner et à crier

और वो इधर-उधर मुहर लगाने लगी और चिल्लाने लगी

« Coupez-lui la tête ! »

"उसका सिर काट दो!"

« Coupez-lui la tête ! »

"उसका सिर काट दो!"

« Coupez-leur la tête ! »

"उनके सभी सिर काट दो!"

De nouveau, Alice pensa en elle-même

फिर से अलाइस ने मन ही मन सोचा

« Ils sont affreusement friands de décapiter les gens ici »

"वे यहां लोगों का सिर कलम करने के भयानक शौकीन हैं"

« Ce qui est très étonnant, c'est qu'il reste quelqu'un en vie !
»

"बड़ा आश्चर्य यह है कि कोई भी जीवित बचा है!"

Elle cherchait un moyen de s'échapper

वह बचने का कोई रास्ता तलाश रही थी

Elle remarqua une curieuse apparition dans l'air

उसने हवा में एक जिज्ञासु उपस्थिति देखी

« C'est le chat du Cheshire », se dit-elle

"यह चेशायर-बिल्ली है," उसने खुद से कहा

« maintenant j'aurai quelqu'un à qui parler »

"अब मेरे पास बात करने के लिए कोई होगा"

« Comment vas-tu ? » dit le chat

"आप कैसे चल रहे हैं?" बिल्ली ने कहा

« Je ne pense pas qu'ils jouent du tout équitablement », a déclaré Alice

"मुझे नहीं लगता कि वे बिल्कुल भी निष्पक्ष रूप से खेलते हैं," एलिस ने कहा

et elle avait un ton plutôt plaintif

और उसके पास एक शिकायत करने वाला स्वर था

« Ils se querellent tous si affreusement »

"वे सभी बहुत भयानक रूप से झगड़ते हैं"

« On ne s'entend pas parler »

"कोई खुद को बोलते हुए नहीं सुन सकता"

« Et ils ne semblent pas jouer selon des règles »

"और वे किसी भी नियम से नहीं खेलते हैं"

le chat a posé une question à Alice à voix basse

बिल्ली ने एलिस से धीमी आवाज में एक सवाल पूछा

« Comment aimez-vous la reine ? »

"आपको रानी कैसी लगी?"

— Je ne l'aime pas du tout, dit Alice

"मैं उसे बिल्कुल पसंद नहीं करता," एलिस ने कहा

Alice pensa qu'elle ferait aussi bien d'y retourner

एलिस ने सोचा कि वह भी वापस जा सकती है

Elle voulait voir comment le match se passait

वह देखना चाहती थी कि खेल कैसा चल रहा है

Elle est partie à la recherche de son hérisson

वह अपने हाथी की तलाश में निकल गई

Le hérisson était occupé à combattre un autre hérisson

हेजहोग एक और हेजहोग से लड़ने में व्यस्त था

C'était une excellente occasion

यह एक उत्कृष्ट अवसर था

Elle pouvait croquer un hérisson avec l'autre

वह एक हेजहोग को दूसरे के साथ क्रोकेट कर सकती थी

Mais son flamant rose était de l'autre côté du jardin

लेकिन उसका राजहंस बगीचे के दूसरी तरफ था

Le flamant rose était plutôt maladroit

राजहंस बल्कि अनाड़ी था

Son flamant rose essayait de s'envoler dans un arbre

उसका राजहंस एक पेड़ में उड़ने की कोशिश कर रहा था

Elle attrapa le flamant rose par la patte

उसने राजहंस को पैर से पकड़ लिया

Et elle glissa le flamant rose sous son bras

और उसने राजहंस को अपनी बांह के नीचे दबा लिया

De cette façon, le flamant rose ne pouvait plus s'échapper

इस तरह राजहंस फिर से बच नहीं सका

Juste à ce moment-là, Alice rencontra la duchesse

तभी ऐलिस डचेस से मिलने के लिए हुआ

La duchesse était maintenant sortie de prison

डचेस अब जेल से बाहर था

Elle glissa affectueusement son bras sous celui d'Alice

उसने एलिस की बांह के नीचे प्यार से अपना हाथ दबा दिया

puis ils sont partis ensemble

और फिर वे एक साथ चले गए

Alice était très heureuse de la trouver d'une humeur si agréable

ऐलिस उसे इस तरह के सुखद स्वभाव में पाकर बहुत खुश थी

Elle était cependant un peu surprise

हालांकि, वह थोड़ा चौंकी थी

Elle entendit la voix de la duchesse près de son oreille

उसने अपने कान के पास डचेस की आवाज सुनी

« Tu penses à quelque chose, ma chérie »

"आप कुछ सोच रहे हैं, मेरे प्यारे"

« Et ça fait oublier de parler »

"और इससे आप बात करना भूल जाते हैं"

« Le jeu se passe un peu mieux maintenant », a déclaré Alice

"खेल अब बेहतर चल रहा है," एलिस ने कहा

C'était une façon de poursuivre la conversation

यह बातचीत को जारी रखने का एक तरीका था

— C'est vrai, dit la duchesse

"यह वास्तव में ऐसा है," डचेस ने कहा

« Et la morale de cela est la suivante : »

"और इसका नैतिक यह है:"

« C'est l'amour qui fait tout ! »

"यह प्यार है जो यह सब करता है!

« L'amour est ce qui fait tourner le monde »

"प्यार वह है जो दुनिया को चारों ओर घुमाता है।

Alice avait une autre explication

ऐलिस के पास एक और स्पष्टीकरण था

« C'est fait par tout le monde qui s'occupe de ses propres affaires ! »

"यह हर किसी द्वारा अपने स्वयं के व्यवसाय को ध्यान में रखते हुए किया जाता है!"

— Ah ! Vous pourriez avoir raison"

"आह, ठीक है! आप सही हो सकते हैं"

— Tout cela signifie à peu près la même chose, dit la duchesse

"यह सब एक ही बात का मतलब है," डचेस ने कहा

et elle enfonça son petit menton pointu dans l'épaule d'Alice

और उसने अपनी तेज छोटी ठोड़ी को एलिस के कंधे में खोदा

« Et la morale de cela est la suivante »

"और उस का नैतिक यह है"

« Prendre soin du sens »

"इंद्रिय का ख्याल रखना"

« Et puis les sons prendront soin d'eux-mêmes »

"और फिर आवाज़ें खुद का ख्याल रखेंगी"

Mais alors le bras de la duchesse se mit à trembler

लेकिन फिर डचेस का हाथ कांपने लगा

Alice leva les yeux et la reine se tenait là

एलिस ने ऊपर देखा और वहाँ रानी खड़ी थी

La reine avait les bras croisés

रानी ने अपनी बाहें जोड़ ली थीं

Et elle fronçait les sourcils comme un orage !

और वह आंधी की तरह त्योरियां चढ़ा रही थी!

« Je vous préviens », cria la reine

"मैं आपको उचित चेतावनी देता हूं," रानी चिल्लाई

et elle piétina le sol tout en parlant

और बोलते-बोलते वह जमीन पर पटक गई

« Soit ta tête, soit sa tête doit être coupée »

"या तो आपका सिर या उसका सिर बंद होना चाहिए"

« Faites votre choix ! »

"अपनी पसंद ले लो!"

« Et soyez rapide à ce sujet »

"और इसके बारे में जल्दी करो"

La duchesse fait son choix

डचेस ने अपनी पसंद बनाई

et au bout d'un instant la duchesse avait disparu

और एक पल के भीतर डचेस चला गया था

Puis la reine s'adressa à Alice

तब रानी ने एलिस से बात की

« Continuons le jeu »

"चलो खेल के साथ चलते हैं"

Alice était trop effrayée pour dire un mot

ऐलिस एक शब्द कहने के लिए बहुत डर गई थी

et elle la suivit lentement jusqu'au terrain de croquet

और वह धीरे-धीरे क्रोकेट-ग्राउंड में वापस चली गई

Pendant tout ce temps, la reine s'est querellée avec les autres joueurs

पूरे समय रानी अन्य खिलाड़ियों के साथ झगड़ती रही

« Coupez-lui la tête ! »

"उसका सिर काट दो!"

« Coupez-lui la tête ! »

"उसका सिर काट दो!"

« Coupez-leur la tête ! »

"उनके सभी सिर काट दो!"

Bientôt, tous les joueurs ont été en garde à vue

जल्द ही सभी खिलाड़ी हिरासत में थे

il ne restait que le roi, la reine et Alice

केवल राजा, रानी और ऐलिस बने रहे

Puis la reine s'en alla, tout à fait essoufflée

फिर रानी चली गई, सांस से काफी बाहर

et elle s'en alla avec Alice

और वह ऐलिस के साथ चली गई

Alice entendit le roi dire quelque chose

अलाइस ने राजा को चुपचाप कुछ कहते सुना

« Vous êtes tous pardonnés »

"आप सभी क्षमा कर रहे हैं"

Mais soudain, un autre cri se fit entendre

लेकिन अचानक एक और चीख सुनाई दी

« Le procès commence ! »

"परीक्षण शुरू हो रहा है!"

et Alice courut avec les autres

और ऐलिस दूसरों के साथ भाग गई

Qui a volé les tartes ?

टार्ट्स किसने चुराए?

Le roi et la reine de cœur étaient assis

दिलों के राजा और रानी बैठे थे

ils étaient sur leur trône quand Alice arriva

जब ऐलिस पहुंची तो वे अपने सिंहासन पर थे

Il y avait une grande foule rassemblée autour d'eux

उनके चारों ओर भारी भीड़ जमा थी

Il y avait toutes sortes de petits oiseaux et de bêtes

वहाँ हर तरह के छोटे-छोटे पक्षी और जानवर थे

Et il y avait tout le paquet de cartes

और ताश के पत्तों का पूरा पैक था

Le coquin se tenait devant eux, enchaîné

घुंडी उनके सामने जंजीरों में जकड़ी खड़ी थी

et il y avait un soldat de chaque côté pour le garder

और उसकी रक्षा के लिए हर तरफ एक सैनिक था

près du roi était le lapin blanc

राजा के पास सफेद खरगोश था

Il avait une trompette dans une main

उसके एक हाथ में तुरही थी

et il avait un rouleau de parchemin dans l'autre main

और उसके दूसरे हाथ में चर्मपत्र का एक स्क्रॉल था

Au milieu de la cour se trouvait une table

कोर्ट के बिल्कुल बीच में एक टेबल थी

Sur la table, il y avait un grand plat de tartes

मेज पर तीखे तीखे का एक बड़ा व्यंजन था

« J'aimerais qu'ils fassent le procès », pensa Alice

"मेरी इच्छा है कि वे परीक्षण पूरा कर लें," ऐलिस ने सोचा

« Alors nous pourrions manger quelques-uns de ces rafraîchissements ! »

"तब हम उन जलपान में से कुछ खा सकते थे!"

Le juge, soit dit en passant, était le roi

न्यायाधीश, वैसे, राजा था

et il portait sa couronne sur sa grande perruque

और उसने अपने महान विग के ऊपर अपना मुकुट पहना था

« C'est le banc des jurés, pensa Alice

"यह जूरी-बॉक्स है," एलिस ने सोचा

« Et ces douze créatures, je suppose qu'elles sont les jurés »

"और वे बारह प्राणी, मुझे लगता है कि वे जूरी सदस्य हैं"

certains étaient des animaux, et d'autres étaient des oiseaux

कुछ जानवर थे, और कुछ पक्षी थे

Juste à ce moment-là, le lapin blanc a crié

तभी सफेद खरगोश चिल्ला उठा

« Silence dans la cour ! »

"अदालत में चुप्पी!"

« Héraut, lisez l'accusation ! » dit le roi

"हेराल्ड, आरोप पढ़ो!" राजा ने कहा

Le lapin blanc souffla trois coups de trompette

सफेद खरगोश ने तुरही पर तीन धमाके किए

Puis il déroula le parchemin

फिर उसने चर्मपत्र-स्क्रॉल को खोल दिया

Et il a lu ce qui suit :

और उन्होंने इस प्रकार पढ़ा:

« La reine de cœur, elle a fait des tartes, »

"दिलों की रानी, उसने कुछ टार्ट्स बनाए,"

« Tout cela, elle l'a fait un jour d'été »

"यह सब उसने गर्मी के दिन किया"

« Le valet de cœur, il a volé ces tartes »

"दिलों की घुंघराहट, उसने उन टार्ट्स को चुरा लिया"

« Et il a emporté ces tartes loin ! »

"और वह उन टार्ट्स को बहुत दूर ले गया!"

« Appelez le premier témoin », dit le roi

"पहले गवाह को बुलाओ," राजा ने कहा

et le lapin blanc souffla trois coups de trompette

और सफेद खरगोश ने तुरही पर तीन विस्फोट किए

« Amenez le premier témoin ! » cria-t-il

"पहले गवाह को लाओ!" उसने पुकारा

Le premier témoin était le chapelier

पहला गवाह टोपी बनाने वाला था

Il entra avec une tasse de thé dans une main

वह एक हाथ में चाय का प्याला लेकर अंदर आया

et il avait un morceau de pain et de beurre dans l'autre main

और उसके दूसरे हाथ में रोटी और मक्खन का एक टुकड़ा था

« Tu aurais dû finir », dit le roi

"तुम्हें समाप्त हो जाना चाहिए था," राजा ने कहा

« Quand avez-vous commencé ? »

"आपने कब शुरू किया?"

Le chapelier regarda le lièvre de marche

टोपी बनाने वाले ने मार्च खरगोश की ओर देखा

Le lièvre de marche l'avait suivi dans la cour

मार्च खरगोश उसके पीछे-पीछे दरबार में आ गया था

Il avait marché bras dessus bras dessous avec le loir

वह डोरमाउस के साथ हाथ में हाथ चला गया था

« Le quatorzième mars, je crois, dit-il

"चौदह मार्च, मुझे लगता है कि यह था," उन्होंने कहा

« Rendez votre témoignage », dit le roi

"अपने सबूत दो," राजा ने कहा

« Et ne sois pas nerveux, ou je te ferai exécuter sur-le-champ »

"और घबराओ मत, या मैं तुम्हें मौके पर ही मार डालूंगा"

Cela n'a pas semblé encourager du tout le témoin

यह गवाह को बिल्कुल भी प्रोत्साहित नहीं करता था

Il n'arrêtait pas de se déplacer d'un pied sur l'autre

वह एक पैर से दूसरे पैर पर शिफ्ट होता रहा

et il regarda la reine avec inquiétude

और उसने बेचैनी से रानी की ओर देखा

et, dans sa confusion, il mordit un gros morceau de sa tasse de thé

और, अपने भ्रम में, उसने अपनी चाय के प्याले से एक बड़ा टुकड़ा काट लिया

En réalité, il voulait croquer dans son pain et son beurre

वास्तव में वह अपनी रोटी और मक्खन से काटने का मतलब था

Juste à ce moment, Alice éprouva une sensation très curieuse

बस इस समय ऐलिस को एक बहुत ही उत्सुक सनसनी महसूस हुई

Elle commençait à grossir à nouveau

वह फिर से बड़ी होने लगी थी

Le misérable chapelier laissa tomber sa tasse de thé

दुखी टोपी निर्माता ने अपनी चाय का प्याला गिरा दिया

et le pain et le beurre tombèrent à terre

और रोटी और मक्खन भूमि पर गिर पड़ा

et il mit un genou à terre

और वह एक घुटने पर बैठ गया

« Je suis un pauvre homme, Votre Majesté », a-t-il commencé

"मैं एक गरीब आदमी हूँ, महाराज," उन्होंने शुरू किया

« Vous êtes un bien mauvais orateur, » dit le roi

"तुम बहुत गरीब वक्ता हो," राजा ने कहा

« Tu peux y aller, » dit le roi

"आप जा सकते हैं," राजा ने कहा

et le chapelier quitta précipitamment la cour

और टोपी बनाने वाला जल्दी से अदालत से बाहर चला गया

« Appelez le témoin suivant ! » dit le roi

"अगले गवाह को बुलाओ!" राजा ने कहा

Le témoin suivant fut le cuisinier de la duchesse

अगला गवाह डचेस का रसोइया था

Elle portait la poivrière à la main

उसने काली मिर्च का डिब्बा अपने हाथ में ले रखा था

et les gens près de la porte se mirent à éternuer tout à coup

और दरवाजे के पास के लोग एक ही बार में छींकने लगे

« Rendez votre témoignage », dit le roi

"अपने सबूत दो," राजा ने कहा

— Je ne donnerai aucun témoignage, dit le cuisinier

"मैं कोई सबूत नहीं दूंगा," रसोइया ने कहा

Le roi regarda anxieusement le lapin blanc

राजा ने उत्सुकता से सफेद खरगोश की ओर देखा

Et le lapin blanc parlait d'une voix douce

और सफेद खरगोश शांत आवाज में बोला

« Votre Majesté doit contre-interroger ce témoin »

"महामहिम को इस गवाह से जिरह करनी चाहिए"

« Eh bien, s'il le faut, il le faut, » dit le roi

"ठीक है, अगर मुझे चाहिए, तो मुझे करना चाहिए," राजा ने कहा

« De quoi sont faites les tartes ? »

"टार्ट किससे बने होते हैं?"

« Les tartes sont faites de poivre, principalement », a déclaré le cuisinier

"टार्ट काली मिर्च से बने होते हैं, ज्यादातर," रसोइया ने कहा

Pendant quelques minutes, toute la cour fut dans la confusion

कुछ मिनटों के लिए पूरा दरबार असमंजस में रहा

Finalement, ils se sont tous calmés

अंततः वे सभी फिर से बस गए

Mais à ce moment-là, le cuisinier avait disparu

लेकिन तब तक रसोइया गायब हो चुका था

« N'importe ! » dit le roi

"कोई बात नहीं!" राजा ने कहा

« Appel à la barre du prochain témoin »

"अगले गवाह को स्टैंड पर बुलाओ"

Alice regarda le lapin blanc qui tâtonnait sur la liste

ऐलिस ने सफेद खरगोश को देखा क्योंकि वह सूची पर लड़खड़ा रहा था

Vous pouvez imaginer sa surprise à ce qu'elle a entendu ensuite

आप उसके आश्चर्य की कल्पना कर सकते हैं कि उसने आगे क्या सुना

à tue-tête de sa petite voix aiguë, il appela le nom « Alice ! »

अपनी तीखी छोटी आवाज़ के शीर्ष पर, उन्होंने "ऐलिस!" नाम कहा।

Le témoignage d'Alice
ऐलिस के सबूत

« Ici ! » s'écria Alice

"यहाँ!" अलाइस चिल्लाया

Elle se leva d'un bond en toute hâte

वह बड़ी जल्दी में उछल पड़ी

et elle renversa le banc des jurés

और उसने जूरी-बॉक्स पर टिप दी

et elle renversa tous les jurés

और उसने सभी जूरीमेन को खटखटाया

et ils tombèrent sur la tête de la foule en bas

और वे नीचे भीड़ के सिर पर गिर गए

Alice était dans un grand désarroi

ऐलिस बहुत निराशा में थी

« Oh ! je vous demande pardon ! » s'écria-t-elle

"ओह, मैं आपसे क्षमा माँगता हूँ!" उसने कहा

« Le procès ne peut pas avoir lieu », dit le roi

"मुकदमा आगे नहीं बढ़ सकता," राजा ने कहा

« Les jurés doivent retourner à leur place »

"जूरीमैन को अपने उचित स्थानों पर वापस जाना चाहिए"

Il répéta l'ordre avec beaucoup d'emphase

उन्होंने आदेश को बड़े जोर से दोहराया

et il regarda Alice d'un air sévère

और उसने एलिस को सख़्ती से देखा

« Que savez-vous de ces événements ? » demanda le roi à Alice

"आप इन घटनाओं के बारे में क्या जानते हैं?" राजा ने एलिस से पूछा

— Je ne sais rien à ce sujet, dit Alice

"मैं इस विषय पर कुछ नहीं जानता," एलिस ने कहा

Le roi lut ensuite un extrait de son livre

राजा ने फिर अपनी पुस्तक से पढ़ा

« Règle quarante-deux »

"नियम बयालीस"

« Toutes les personnes de plus d'un kilomètre de haut doivent quitter le tribunal »

"एक मील से अधिक ऊंचे सभी व्यक्तियों को अदालत छोड़ना है"

« Je ne suis pas à un mille de haut, » dit Alice

"मैं एक मील ऊंचा नहीं हूं," एलिस ने कहा

« Près de deux milles de haut », dit la reine

"लगभग दो मील ऊँचा," रानी ने कहा

— Eh bien, je refuse d'y aller, dit Alice

"ठीक है, मैं जाने से इनकार करता हूं," एलिस ने कहा

Le roi pâlit

राजा पीला पड़ गया

et il ferma précipitamment son carnet

और उसने जल्दी से अपनी नोट-बुक बंद कर दी

« Considérez votre verdict », a-t-il dit au jury

"अपने फैसले पर विचार करें," उन्होंने जूरी से कहा

Il parlait d'une voix basse et tremblante

" वह धीमी, कांपती आवाज में बोला

Puis le lapin blanc prit la parole

तभी सफेद खरगोश बोला

« Il y a encore plus de preuves à venir »

"अभी और सबूत आने बाकी हैं"

et il se leva d'un bond en toute hâte

और वह बड़ी जल्दी में उछल पड़ा

« Ce papier vient d'être retiré »

"यह पेपर अभी उठाया गया है"

« On dirait que c'est une lettre écrite par le prisonnier »

"यह कैदी द्वारा लिखा गया एक पत्र लगता है"

Il déplia le papier tout en parlant

बोलते-बोलते उसने कागज खोल दिया

« Ce n'est pas une lettre, après tout »

"यह एक पत्र नहीं है, सब के बाद"

« Ce que c'était, c'était un ensemble de versets »

"यह क्या था छंदों का एक सेट था"

« S'il vous plaît, Votre Majesté », dit le coquin

"कृपया, महाराज," गुत्थी ने कहा

« Je n'ai pas écrit ces vers »

"ये पद मैंने नहीं लिखे"

« et ils ne peuvent pas prouver que j'ai écrit quoi que ce soit »

"और वे साबित नहीं कर सकते कि मैंने कुछ भी लिखा है"

« Il n'y a pas de nom signé à la fin »

"अंत में कोई नाम हस्ताक्षरित नहीं है"

Le roi parla au fripon

राजा ने गुत्थी से बात की

« Vous avez dû vouloir causer des méfaits »

"आप कुछ शरारत करने के लिए चाहते होंगे"

« Sinon, tu aurais signé ton nom comme un honnête homme »

"वरना आप एक ईमानदार आदमी की तरह अपने नाम पर हस्ताक्षर करते"

Il y eut un claquement général de mains

हाथों की सामान्य ताली बज रही थी

Et le roi se tourna vers le lapin blanc

और राजा सफेद खरगोश की ओर मुड़ा

« Lisez les vers », ordonna-t-il

"छंद पढ़ो," उन्होंने आदेश दिया

Il y eut un silence de mort dans la cour

दरबार में सन्नाटा पसरा हुआ था

et le lapin blanc lut les versets

और सफेद खरगोश ने छंद पढ़े

Ils m'ont dit que vous étiez allé chez elle

उन्होंने मुझे बताया कि आप उसके पास गए थे

Et ils lui parlèrent de moi

और उन्होंने उससे मेरा जिक्र किया

Elle m'a donné un bon caractère

उसने मुझे एक अच्छा किरदार दिया

Mais elle a dit que je ne savais pas nager

लेकिन उसने कहा कि मुझे तैरना नहीं आता

Il leur a fait savoir que je n'étais pas parti

उसने उन्हें शब्द भेजा कि मैं नहीं गया था

Nous savons que c'est vrai

हम जानते हैं कि यह सच है

Si elle poussait l'affaire, que deviendriez-vous ?

अगर वह इस मामले को आगे बढ़ाए, तो आपका क्या होगा?

Je lui en ai donné un, ils lui en ont donné deux

मैंने उसे एक दिया, उन्होंने उसे दो दिए

Vous nous en avez donné trois ou plus

आपने हमें तीन या अधिक दिए हैं

Ils sont tous revenus de sa part vers vous

वे सब उसके पास से तुम्हारे पास लौट आए

bien qu'ils aient été les miens avant

हालांकि वे पहले मेरे थे

Si j'avais la chance d'être

अगर मुझे या उसे मौका मिलना चाहिए

Si j'étais impliqué dans cette affaire

अगर मैं या वह इस चक्कर में शामिल थे

Il compte en vous pour les libérer

वह उन्हें मुक्त करने के लिए आप पर भरोसा करता है

Exactement comme nous étions

बिल्कुल वैसे ही जैसे हम थे

Mon idée, c'est que vous aviez été

मेरी धारणा यह थी कि आप थे

Avant qu'elle n'ait cette crise

इससे पहले कि वह यह फिट था

Un obstacle qui s'est dressé entre

एक बाधा जो बीच में आई

Lui, et nous-mêmes, et cela

उसे, और खुद को, और यह

Ne lui faites pas savoir qu'elle les aimait mieux

उसे पता न चले कि वह उन्हें सबसे ज्यादा पसंद करती है

Car cela doit être à jamais un secret, caché à tous les autres

इसके लिए हमेशा के लिए एक रहस्य होना चाहिए, बाकी सभी से रखा जाना चाहिए

Ce secret doit rester un secret entre vous et moi

यह रहस्य आपके और मेरे बीच एक रहस्य रहना चाहिए

Le roi était très impressionné

राजा बहुत प्रभावित हुआ

« C'est la preuve la plus importante que nous ayons entendue jusqu'à présent »

"यह सबूत का सबसे महत्वपूर्ण टुकड़ा है जिसे हमने अभी तक सुना है"

— Je ne crois pas que ces vers aient un atome de sens, objecta Alice

"मुझे विश्वास नहीं है कि उन छंदों में अर्थ का परमाणु होता है," एलिस ने आपत्ति जताई

le roi avait sa propre opinion sur la question

इस मामले में राजा की अपनी राय थी

« S'il n'y a pas de sens dans ces mots, cela sauve un monde de problèmes »

"अगर उन शब्दों में कोई अर्थ नहीं है, तो यह मुसीबत की दुनिया को बचाता है"

« Alors nous n'avons pas besoin d'essayer de trouver le sens »

"तो फिर हमें अर्थ खोजने की कोशिश करने की आवश्यकता नहीं है"

« Laissons le jury délibérer sur son verdict »

"जूरी को अपने फैसले पर विचार करने दें"

« Non, non ! » dit la reine

"नहीं, नहीं!" रानी ने कहा

« La condamnation d'abord, le verdict ensuite »

"सजा पहले-फैसला बाद में"

« Des bêtises et des bêtises ! » dit Alice à haute voix

"सामान और बकवास!" अलाइस ने जोर से कहा

« Comme il est stupide de condamner l'accusé en premier ! »

"प्रतिवादी को पहले सजा देना कितना मूर्खतापूर्ण है!"

« Tais-toi ! » dit la reine en devenant violette

"अपनी जीभ पकड़ो!" रानी ने बैंगनी रंग बदलते हुए कहा

« Je ne me tairai pas ! » dit Alice

"मैं अपनी जीभ नहीं पकड़ूंगा!" एलिस ने कहा

cria la reine à tue-tête

रानी अपनी आवाज के शीर्ष पर चिल्लाया

« Coupez-lui la tête ! »

"उसका सिर काट दो!"

Personne n'a fait un mouvement

किसी ने आंदोलन नहीं किया

« Qui se soucie de ce que vous dites ? » dit Alice

"कौन परवाह करता है कि आप क्या कहते हैं?" एलिस ने कहा

Elle avait atteint sa taille maximale à ce moment-là

वह इस समय तक अपने पूर्ण आकार में बढ़ गई थी

« Tu n'es rien d'autre qu'un jeu de cartes ! »

"तुम ताश के पत्तों के अलावा और कुछ नहीं हो!"

À ces mots, toutes les cartes se levèrent dans les airs

इस पर सभी पत्ते हवा में उठ खड़े हुए

et toutes les cartes s'abattaient sur elle

और सभी कार्ड उस पर उड़ते हुए आए

Elle poussa un petit cri

उसने एक हल्की सी चीख दी

Elle était à moitié effrayée, mais aussi en colère

वह आधी डरी हुई थी, लेकिन गुस्से में भी थी

Et elle a essayé de se battre contre les cartes

और उसने खुद से कार्ड लड़ने की कोशिश की

puis elle se retrouva allongée sur le talus d'herbe

और फिर उसने खुद को घास के किनारे पर पड़ा पाया

Sa tête était sur les genoux de sa sœur

उसका सिर उसकी बहन की गोद में था

Des feuilles mortes s'étaient posées sur son visage

कुछ मरे हुए पत्ते उसके चेहरे पर उतर आए थे

et sa sœur balayait doucement les feuilles

और उसकी बहन धीरे से पत्तियों को झाड़ रही थी

« Réveille-toi, ma chère Alice ! » dit sa sœur

"जागो, ऐलिस प्रिय!" उसकी बहन ने कहा

« Quel long sommeil tu as eu ! »

"कितनी लंबी नींद ली है तुम्हारी!"

« Oh, j'ai fait un rêve si curieux ! » dit Alice

"ओह, मैंने ऐसा उत्सुक सपना देखा है!" एलिस ने कहा

Et elle raconta à sa sœur tout ce qu'elle pouvait se rappeler

और उसने अपनी बहन को वह सब बताया जो वह याद कर सकती थी

toutes les étranges aventures que vous venez de lire

सभी अजीब रोमांच जिनके बारे में आप अभी पढ़ रहे हैं

Alice se leva et s'enfuit en courant

एलिस उठी और भाग गई

et elle pensait, tout en courant, à son rêve

और उसने सोचा, जबकि वह दौड़ती थी, अपने सपने के बारे में

« Quel rêve merveilleux cela avait été ! »

"क्या एक अद्भुत सपना यह किया गया था!"